F・スコット・フィッツジェラルド

パット・ホビー物語

井伊順彦・今村楯夫 他訳

風濤社

パット・ホビー物語◎目次

装画・後藤美月

パット・ホビー物語

凡例　〔　〕は訳註、長いものは＊で各作品末にまとめた。

パット・ホビーのメリークリスマス

I

クリスマスイブの映画撮影所。午前一一時には、サンタクロースはあまたの人間のもとをほぼまわり終えていた。訪問の順番や内容は、各人の身分や立場に応じて、だ。

プロデューサーから人気俳優に宛てて、また代理人《エージェント》からプロデューサーに宛てて、ぜいたくな贈り物がオフィスや所内の別宅《スタジオバンガロー》に届いた。現場のいたるところで、出演者から監督に、また監督から出演者に、いたずら心あふれる贈り物が渡されたという話が流れた。シャンパンが広報室から報道陣に送られた。天の恵み*1さながら、五〇ドルや一〇ドルや五ドルのチップが、プロデューサーや監督や脚本家から事務職員に配られた。

交流の輪に加わらぬ者も少ないながらいた。たとえばパット・ホビーは、経歴二十年の身として、そういうお楽しみを知らぬわけではないが、前日に秘書をお払い箱にしたところだった。会社からは今にも次の秘書が送り込まれてきそうだ——とはいえ当の秘書も、まさか赴任当日に贈り物をもらえるとは思うまい。秘書の到着を待つあいだ、パットは廊下を歩きながら、人の気配はないかなと、開いているオフィスをちらりと覗いていった。そうして脚本部から出てきたジョー・ホッパーと言葉を交わすべく足を止めた。

「時代も変わったな」パットは嘆いた。「かつてはどの机にも酒瓶が載ってたがね」

「まわりを見れば何本かあるよ」

「そんなものか」パットはためいきをもらした。「それから、酒盛りがすむと上映会を開いたもんだ——編集室にある断片フィルムをつないだやつだが」

「聞いたことある。切り捨てた部分ばかりで作ったとか」ホッパーが応じた。

パットは目を輝かせてうなずいた。

「ああ、きわどい内容だったたな。観てるやつらは笑いすぎて腹筋がちぎれるんじゃないかと——」

パットは話をやめた。剝ぎ取り式のメモ用紙を手にしたひとりの女が、廊下の少し奥にあるパットのオフィスに入ってゆくのを見て、しけた贈り物のことを思い出したからだ。

「グッドーフに休暇中も働かされてるんだ」パットは苦々しげに言った。

「おれならやらないがね」

「ぼくだってふつうならやらないが、四週間の契約が次の金曜で終わるんだ。逆らったりしたら契約を延ばしてもらえないよ」

立ち去ってゆく後ろ姿を見ながら、パットよ、君はどのみち契約を延ばしてもらえまい、とホッパーはしみじみ思った。パットは古くさい西部劇《ホースオペラ》のシナリオ書きとして雇われたのであり、〝パットの補佐をしている〟――つまりパット作品を書き直している――者たちが言うには、作品はどこもかしこも時代遅れで、意味不明の箇所も一部あるという。

「ケーグルと申します」パットの新任秘書が言った。

秘書は三十代半ば、整った顔立ちで、若々しさはなく、ものうげで、腕は立ちそうな女だった。タイプライターと向き合うと、そのすみずみにまで目をやり、腰を下ろしたと思うと、いきなりしくしく泣きだした。

パットは目をむいた。とにかく下の者からおのれを律するのが、この職場の決まりだ。クリスマスイブに働くなんて、ずいぶんひどい話じゃないか。まあ――まったく働けないよりはましか。パットは戸口に近づきドアを閉めた――この女を辱めているように人から疑われてはまずい。

「元気を出したまえ」パットは秘書に声をかけた。「クリスマスなんだから」

取り乱していた秘書の気持ちもおさまった。秘書は姿勢を正し、声を詰まらせながら涙を拭った。

「なにごとも見た目ほどには悪くないもんだ」パットは頼りなさそうに請け合った。「それにしても、どうしたんだ。会社から放り出されるのか？」

秘書はかぶりを振り、最後のひとすすりとばかりに鼻をすすり、自分の手帳を開いた。

「誰の下で働いてたんだね」

秘書はいきなり歯ぎしりするようにしながら答えた。

「ハリー・グッドーフさん」

パットはたえず血走っている目を見開いた。そういえばこの女、ハリーの秘書室で見かけたことがあったな。

「一九二一年からです。もう十八年。昨日、あの方から脚本部に戻るよう言われました。君を見てると、ぼくはゆううつになるよと言われて――わたしのせいで、自分が老けてきたことを思い知らされるそうです」秘書は顔をこわばらせた。「十八年前は、親しく時を過ごしたあとに、あんな言い方しなかったわ」

「ああ、当時あの男は女たらしだったから」パットが応じた。

「わたしもなにか手を打てばよかった、当時はそんな機会もあったんだから」

パットは義憤を感じた。

「婚約不履行に遭ったのか？　それじゃあ、大したカネも取れまいが」

「だけど、わたしはきちんと片をつけるだけの事実を握ったんです。婚約不履行より大きなことを。今でも握ってます。だけど、わたし、たぶんあの方に恋してたのね」秘書は束の間、くよくよするそぶりを見せた。「なにか口述なさることはありませんか」

そうだ、仕事が残ってたなとパットは思い、シナリオを開いた。

「挿入箇所だ。シーン一一四A」

パットは室内を行ったり来たりした。

「屋外場面。平原の遠写し《ロングショット》」パットはおごそかに言った。「バックとメキシコ人たち、ハイアセンダに近づく」

「なにに近づくと？」

「ハイアセンダ——牧場主の家屋〔正しくはハシエンダ〕だ」パットは相手をじろりとにらんだ。

「一二四B。二人構図《ツーショット》——バックとペドロ。バック『きたねえ糞ったれめ《ザ・ダーティ・サン・オブ・ア・ビッチ》。やつのはらわたを切り刻んでやる』」

秘書は目を丸くして顔を上げた。

「そんなのを書けって言うんですか？」

「そうさ」

「お偉方の審査に通りませんわ」

「作者はぼくだ。もちろん通らないだろう。だがもし『ひどいやつだ《ユー・ラット》』なんて台詞に変えたら、この場面は骨抜きになる」

「でも、誰かが『ひどいやつだ』に直しませんと」

パットは相手をにらみつけた——秘書を日替わりにするわけにもいくまいが。

「扱いは、ハリー・グッドーフに任せりゃいいんだ」

「グッドーフさんに仕えてらっしゃるんですか？」秘書は思わず声を上げた。

「あの男に放り出されるまではな」

「わたし、変なことを口走ってしまって——」

「いいんだ」パットがなぐさめた。「向こうはもう、ぼくのよき友じゃない。こっちは週給三五〇ドルの身だから。昔は二千ドルもらってたんだが……どこまで進んだかな」

　パットはまた室内を行ったり来たりし、しみじみ味わうように先ほどの台詞を口にした。ところが、今その言葉をぶつける相手は、登場人物ではなくハリー・グッドーフかもしれない。パットはふと足を止め、なにやら考え込んだ。「なあ、君はあの男のどんなネタを持ってるんだ。死体が埋められた場所でも知ってるのか？」

「そのものズバリだから笑えません」

「やつが誰かをバラしたのか」

「ホビーさん、わたしロを滑らしてしまって、どうしましょう」

「パットでいいよ。君のファーストネームは」

「ヘレンです」

「結婚してるのかね」

「今はしていません」

「ふむ。じゃあ、ヘレン、一緒に夕食でもどうかな」

Ⅱ

クリスマスの午後のこと、パットはまだヘレンから隠し事を聞き出そうとしていた。スタジオは二人だけでほぼ自由に使えた——最少限の技術担当者の姿が所内の歩道や食堂に見られるだけだ。二人はクリスマスプレゼントを互いに贈りあった。パットはヘレンに五ドル紙幣を差し出し、ヘレンはパットに白い麻のハンカチを買ってやった。パットにとって、かつてクリスマス当日に山のようにこういうハンカチを収穫したことは、忘れようにも忘れられない。

シナリオ作りはカメの歩みのごとき進み方だったが、二人の友情はぐんと深まった。ヘレンが抱える秘密は貴重な強みだと、パットは踏んだ。そもそも、こういう強みを生かしただけで出世できた人間は、今までどれほど多くいたことだろう。大金持ちになれた者たちもいたはずだ。いまや二人は撮影所を牛耳る一族の仲間入りをしたも同然だった。頭の中でハリー・グッドーフとの言葉のやりとりを想定《シミュレーション》してみた。

「ハリー、ちょっと聞いてください。今はぼくの経験が生かされてませんよ。シナリオ書きは若い連中にやらせるほうがいい——ぼくは監督として力を注ぐほうが」

「さもなきゃ——?」

「さもなきゃ、どうなろうと知らない」パットはきっぱり言った。

パットが白日夢に浸っていると、ハリー・グッドーフがひょっこり部屋に入ってきた。

「メリークリスマス、パット」ハリーがほがらかに言った。ヘレンが目に入ると、笑顔はあまりにこやかでもなくなった。「やあ、ヘレンじゃないか——パットと組むことになったのか。君への餞別を脚本部宛てに送っといたよ」

「わざわざごていねいに」

ハリーはパットにさっと顔を向けた。

「社長にせっつかれてるんだ。火曜には完成稿を持ってきてくれ」

「だから今、やってるところです」パットが応じた。「お持ちしますよ。ぼくが約束をたがえたことなんてありますか」

「たいていそうだろ」ハリーが言い返した。「たいていな」

ハリーが追い打ちをかけようという顔をしたところで、雑用係《コールボーイ》が中へ入ってき、手にしていた封筒をヘレンに渡した――とたんにハリーはきびすを返して、そそくさと出ていった。

「そう、出てくのが正解よ！」封筒を開けるなり、ミス・ケーグルが吐き捨てるように言った。「一〇ドル――たったの一〇ドル、重役さまから――勤続十八年で」

ここはパットの出番だ。ヘレンの机に腰かけると、パットは自分の策を授けた。

「ぼくら二人にとっては楽な仕事なんだ。君は脚本部の頭《かしら》で、ぼくは共同製作者だ。一生いい目を見られるぞ――もう執筆するまでもない――タイプを打つまでもない。ひょっとして――ひょっとしたら――事がうまく運べば、ぼくらは夫婦《めおと》になれる」

ヘレンはしばらくぐずぐずしていた。ヘレンがまっさらな用紙をタイプライターに差し込むのを見て、パットはしくじったかと思った。

「わたしは記憶を頼りに書けるんです」ヘレンが言いだした。「グッドーフさんが一九二一年二月三日に、自分でタイプした手紙です。あの方、封をしてから、これを投函してくれと言ってわたしに寄こしました――あの方のお気に入りの金髪女がいたのに。なぜ手紙をこそこそ出そうとしたのかしらと思ってました」

ヘレンは口を動かしながらもタイプを打つ手を止めなかった。そうしてパットに短い書きつけを手渡した。

ウィリアム・ブロンソン宛

ファースト・ナショナルスタジオズ

親展

ビル

我々はテイラーを始末した。もっと早くおしおきしてもよかったぐらいだ。とにかく黙っていよう。

ハリー

パットは息を呑んで文面を見つめた。

「おわかり?」ヘレンが言った。「一九二一年二月一日、誰かが監督のウィリアム・デズモンド・テイラーを無き者にした。誰のしわざか、いまだ謎です」

Ⅲ

十八年にわたり、ヘレンは現物の手紙や封筒などを手元に持っていた。ブロンソンに送ったのは、ハリー・グッドーフの署名をなぞった写しだった。

「ベイビー、舞台は整ったぞ！」パットが言った。「テイラーを殺ったのは女だろうと、ぼくはずっと思い込んでたんだ」

パットは喜び勇んで引き出しを開けると、半パイント入りのウィスキーボトルを取り出したが、ふと思い直してヘレンに問うた。

「手紙は安全なところにあるのか？」

「だいじょうぶ。どこにあるか、相手にはわかりはしません」

「ベイビー、ついにおれたち、やつをしとめたぞ！」

現金や車、女、スイミングプールが、パットの目の前できらめきを放ち、入り交じり合いながら漂った。

パットは書きつけを折りたたむと、ポケットに突っ込み、ウィスキーをもう一杯ひっかけてから帽子に手を伸ばした。

「これからあの方と会うんですか？」ヘレンは目を丸くして訊いた。「ちょっと、わたしがスタジオから離れるまで待ってください。命を取られるのはごめんだわ」

「だいじょうぶさ！　いいか、五番街とラブレア通りの角にあるマンシェリーで落ち合おう。一時間後だ」

パットはグッドーフのオフィスへ向かいながら、スタジオ内では事実関係やら人名やらには触れまいと決めた。かつて短いあいだ脚本部を統括していたころ、パットは脚本家の各オフィスにはすべて口述用録音機《ディクタフォン》を取りつける案を思いついた。そうすれば、重役陣に対する脚本家連の忠誠度が、一日に何度か確認できるではないか。この案は一笑に付された。だがのちに、〃いち脚本係に逆戻り〃するはめとなったとき、自分の案がこっそり採用されていたらどうしようと、いつもパットは気になった。ことによると、もう十年間も犬小屋さながらの仕事場に追いやられているのは、自身の不用意な発言のせいだったかもしれない。そこで、ディクタフォン——爪先で押せば作動する機械——がこっそり設置されている可能性を頭に置きながら、パットはグッドーフのオフィスに入った。

「ハリー——」パットは言葉を選び抜きながら切りだした。「一九二一年二月一日の夜のことをおぼえてますか?」

いくらか面喰らったように、グッドーフは坐っている回転椅子の背もたれに寄りかかった。

「ん?」

「ちょっと思い出してください。自分にとって重大なことですよ」

友の様子を見つめているパットの表情は、心配げな葬儀屋を想わせた。

「一九二一年二月一日ね」グッドーフは考えてみた。「いや、おぼえているわけないだろ。わたしが日記をつけているとでも思うのか。当日、自分がどこにいたかも知らんよ」

「あなたはまさに、このハリウッドにいたんですよ」

「たぶんな。知っているなら教えてくれ」

「自分で思い出せますよ」

「さてと。一九一六年、わたしは西海岸に出てきた。一九二〇年までバイオグラフ社[*2]にいた。喜劇を作っていたかな。そうだ。『メリケンサック野郎』って作品を作っていたよ――ロケで」

「ずっとロケに出てたわけじゃない。二月一日には、あなたは市内にいた」

「なんなんだ、これは」グッドーフが言い返した。「尋問か?」

「いや――でもね、当日のあなたのおこないについて、こっちはある情報をつかんでるんです」

グッドーフの顔は紅潮した。一瞬、この男はパットを部屋から叩き出そうとするかに見えた――だがいきなりあえぎ、唇をなめ、目の前の机にじっと視線を向けた。

「ああ、そうか」グッドーフは口を開き、一拍措いて言葉を継いだ。「しかし、君になんの関係があるのかね」

「まともな人間みんなに関わる話ですよ」

「おまえ、いつからまともな人間になったんだ」

「生まれてこの方ずっとさ。だいいち、たとえまともでなくても、あんなまねはしない」

「なにをほざいてるんだか」ふんとばかりにハリーが言った。「おまえ、何様のつもりでここへ顔を出したんだ。まあとにかく、証拠はあるのか? 告白書でも持ってる気でいるようだが。あの一件はとっくに忘れ去られてるんだぞ」

「まともな人間の記憶には残ってますよ。それに、告白書といえば――実は一通手に入れました」

「どうだか。法廷で通用する代物とは思えんが。おまえ、一杯喰わされているんだ」

「中身は見ましたよ」自信を深めながらパットが応じた。「あなたを絞首台に送るには十分なものだ」

「ほう。いいか、もし世間に公表したら、おまえを町から追い出してやるぞ」

「あなたに追い出せるんですかね、このぼくを」

「外部に漏れるのは困るんだ」

「じゃあ、ちょっと一緒に来てもらいたいな。誰にも内緒でね」

「どこへ行くんだ」

「二人きりになれるバーがあるんですよ」

そのとおりマンシェリーの中はひっそりしていて、バーテンダーを除けば、ヘレン・ケーグルがテーブル席にいるのみだった。ヘレンは不安でからだを震わせていた。グッドーフは親の仇でも見るような目つきになった。

「まったく、とんだクリスマスだ」グッドーフが言いだした。「一時間前から家族はわたしの帰宅を待っているんだ。いったいなんのつもりなんだね。なにやらわたしが書いたものを持っていると、君は言っていたが」

パットはポケットから例の書きつけを取り出し、日付を読み上げるなり、さっと顔を上げた。

「これはただの写しだ。ひったくっても無駄だね」

パットはこんな場面での手管を心得ていた。西部劇人気がいったん落ちたとき、汗水たらして犯罪物を書きまくっていたのだから。

「ウィリアム・ブロンソン宛。ビル　我々はテイラーを始末した。もっと早くおしおきしてもよかったぐらいだ。とにかく黙っていよう。ハリー」

パットは一拍措いた。「あなたがこれを書いたんだ、一九二二年二月三日に」

しんとなった。グッドーフはヘレンのほうを向いた。

「君がやったのか。わたしは今のを君に口述したかね」

「いいえ」ヘレンはおののくような声で答えた。「ご自分でタイプなさいました。わたしは手紙を開けたんです」

「そうか。で、なにが望みだ」

「たんまり」パットが応じた。口にしてみると、なかなかいい響きじゃないか。

「もっと、はっきり言え」

四十九歳の男にふさわしい待遇とはどんなものか、さっそくパットはまくしたてた。輝かしい待遇。大きなグラスに注いだ三杯のウィスキーが胃におさまるあいだに、講釈の中身はますます美しさと力強さを増していった。だがパットはあることを繰り返し求めた。明日、自分をプロデューサーにしてもらいたい。

「なぜ明日なんだ?」グッドーフが問うた。「もう少し待てないのか」

パットの目にいきなり涙が浮かんだ――本物の涙だ。

「今日はクリスマスさ。これはぼくのクリスマスの願いごとでね。今までさんざん苦しい思いをしてきたんだ。もう待てない」

グッドーフはさっと立ち上がった。

「だめだ。君をプロデューサーにはしない。会社への信義にかけてできん。それならむしろ法廷に立つ」

パットの口があんぐり開いた。

「はあ？　だめだと？」

「いやだね。いっそ首を吊られるほうがましだ」

ハリーはこわばった顔できびすを返すと、ドアに向かって歩きだした。

「おい、いいんだな！」パットが相手の背中に呼びかけた。「あんたの最後のチャンスだぞ」

ここでパットが〝あっ〟と驚いたことに、ヘレンが急に立ち上がるなりグッドーフのあとを追った――相手にひしと抱きつこうとした。

「だいじょうぶよ！」ヘレンが声を上げた。「わたしが破り捨てるから、ハリー！　あれは冗談だったのよ、ハリー――」

ヘレンの声は尻切れトンボのように消え入った。グッドーフがくっくっと笑っていることにヘレンは気づいた。

「なに、ふざけてるのよ」ヘレンが再び気色ばんで問うた。「わたしが手紙を持ってないと思ってるの？」

「いや、そりゃ持っているだろうよ」グッドーフがうなるように言った。「持つには持っている――だがそいつは君らの思っているような代物じゃない」

グッドーフはテーブルに戻り、腰を下ろしてパットに話しかけた。

「さっきの日付、なんのことだとわたしが思ったか、わかるかね。おそらくヘレンとわたしが初めて惚れ合った日じゃないか、そう思ったんだ。で、ヘレンがその一件で面倒を起こしそうな気がした。馬鹿な女だと思ったよ。あれ以来ヘレンは二度結婚している。わたしもだ」

「だからって手紙の件が解決できたわけじゃない」パットが険しい顔で言ったが、気持ちは滅入ってきた。「あんたはテイラーを殺したと認めた」

グッドーフはうなずいた。

「むしろ我々大勢で手をかけた気がする」グッドーフが言いだした。「我々は不良仲間だった――テイラー、ブロンソン、わたし、それに大金を持っていた連中の半数。みんなは一致して、お互い目立つ動きは控えることに決めた。誰かが結束を乱したら、世間はこれ幸いと騒ぎだす。テイラーには気をつけてくれと言い聞かせた。だがあの男は耳を貸さなかった。だから、おしおきを喰らわすかわりに、テイラーには〝お道楽〟を許してやった。すると、どこかの卑劣なやつがテイラーを撃った――誰のしわざか、わたしは知らん」

グッドーフは立ち上がった。

「同じように、誰かが君におしおきを喰らわせればよかったんだよ、パット。だが当時、君はおもしろいやつだったし、こっちもとにかく忙しかったから」

　パットはいきなりふんと鼻を鳴らした。

「ぼくはずっとおしおきを喰らってますよ。たっぷりとね」

「だがそれは時遅しだった」グッドーフが応じ、さらに語を継いだ。「君、もう新しいクリスマスの願いごとをしたんだろうな。わたしがかなえてやる。この午後の一件は黙っていてやるよ」

　グッドーフが立ち去ると、パットとヘレンはなにも言わず席に着いた。やがてパットは再び書きつけを取り出すなり、それにちらりと目を落とした。

「とにかく黙っていよう《ソー・ホワイ・ノット・シャットアップ》」パットが音読した。「結局あの男は、なんのことか語らずじまいだったな」

「いいから黙ってなさいな《ホワイ・ノット・シャットアップ》」ヘレンが言った。


（井伊順彦 訳）

訳註
＊1　『出エジプト記』第十六章第十四～三十六節。
＊2　一八九五年から一九二八年まで存在した映画製作会社。

じゃまな男

I

パット・ホビーは入ろうと思えばいつでもスタジオに入ることができた。今まで十五年間、空白の時期はある――ここ五年はおもに空白――ものの、この場で仕事をしており、大方の警備員にも顔を知られていた。当直のうるさ型の警備員から入構証を見せるよう求められても、パットは脚本編集係《ブッキー》のルーイに電話すれば中に入れた。ルーイにとってもスタジオは長年の拠点だった。

パットは四十九歳だ。脚本家だが、今まであまり物を書いたことはなく、下敷きにしている〝原典〟を端から読んだりもしなかった。本をたくさん読むと頭がガンガンするからだ。とはいえ、古き良き無声《サイレント》映画時代には、他人《ひと》様が編み出した筋立てをいただき、賢い秘書を迎え入れ、その秘書相手に仕事をする毎週六時間なり八時間なりには、覚醒剤《ベンゼドリン》をごくりと呑むがごとく、取りつかれたように作品の筋を口述する姿がよく見られた。その筋をおもしろく味つけするのは監督の役目だ。発声《トーキー》映画が生まれてからは、パットはいつも台詞を書ける人間と組んだ。相手は働き者の若手だ。

「ぼくには誰にも負けない自分名義の上映用脚本が一覧表にできるほどありますよ」パットはジャック・バーナーズに言った。「あとは、企画があって、まともなやつと組んで仕事をするだけでいい」

プロデューサー室を出て昼食に向かうジャックを捕まえて、パットはくどくど話しかけた。二人はスタジオ内の食堂のほうへ肩を並べて歩きだした。

「企画ならこちらへ早く出してくれ」ジャックが言った。「景気が良くないんだ。企画を出せない者にカネを払うわけにはいかない」

「まさかカネも払わずに企画を受け取るつもりじゃ」パットが言い返した――すぐに言い直した。「とにかく、ひとつ固まりかけてるんです、ランチを摂りながら内容を話しますよ」

昼食の席でなにか頭に浮かんでくれるんじゃないか。ボーイスカウトについてのベア[*1]の案がある。だがジャックがほがらかに言った。

「これから昼食の約束があるんだ、パット。その企画をまとめたら、こっちへ送ってくれないか」

どうせパットには書き上げることなどできまいから、酷な求めかなとジャックは思った。とはいえ、自分も映画制作では苦労のさなかだ。戦争〔第二次世界大戦〕が始まったばかりのときで、手がけている作品の終わりには主人公が戦地に赴くところを入れたいと、所内のプロデューサーはみな考えている。そんな話を真っ先に思いついたのは自分だと、ジャックはひそかに胸を張った。

「じゃ、きちんと書いてくれよ、な」

パットは無言だ。ジャックはパットの顔を見やった――みじめで打ちひしがれた色がその目に浮かんでいるのに気づくと、我が父親のことが思い浮かんだ。自分がまだ大学にいたころ、パットはすでに羽振りがよかった――車が三台、すべての車庫の上にはニワトリが一羽。[*2] それが今では、着ている服のありさまたるや、ハリウッド大通りとヴァイン通りの角に三年も立ち続けていたかと思えるほどだ。

「所内の脚本係を探して話し合ってみるんだな。ひとりでも君の企画に興味を持ってくれたら、そいつを連れてきてくれ」

「現金払いもなしに企画を差し出すのはごめんだな」パットが暗い顔でぼそっと言った。「あの若造どもは人の有り金をすべて巻き上げるようなやつらだから」

二人はスタジオ内の食堂の入口まで来た。

「じゃあしっかりな、パット。ともあれ我々はポーランドにいるわけじゃない[*3]」

よかったね、あんたはアメリカにいて。パットは声をひそめて言った。でなけりゃ、あんたなんか、のどを掻き切られているところさ。

さて、どうしたものか。パットは歩を進めて、物書きの小部屋が並ぶ一区画をぶらついた。大方の者は昼食に出ているし、室内に残っている者たちとはなじみがない。このところずっと、ろくに知らない顔が増えてきた。パットは自分名義の作品を三十持っていた。また二十年にわたり、営業や広報やシナリオ執筆に関わってきた。

一番奥の部屋の主《ぬし》は好かないやつだった。しかし、少しでも腰を下ろせる場所を探していたので、パットはドアをノックして押し開けた。主の男はいなかった――たいそうきれいで、か弱そうな若い女が坐って本を読んでいた。

「この部屋を使っていた人はハリウッドを去ったんじゃないかしら」パットの問いに女が答えた。「代わりにわたしがここを割り当てられたんですけど、会社はわたしの名前を付け忘れていて」

「君、ホン係《ライター》なのか?」パットは目を丸くして尋ねた。

「修業の身です」

「会社に試験を受けさせてもらえよ」

「いいんです――好きで書いているから」

「なにを読んでるの」

女は本を見せた。

「いいことを教えてやる」パットが言った。「そんなふうに読んだって、本の要点はつかめないよ」

「あら」

「ぼくはもう、ここは長いんだ――パット・ホビーっていうんだけど――コツを呑み込んでるのさ。友だちを四人選んで、その本を読んでもらえ。で、心に響いたところを教えてもらうんだ。その部分をきちんと書けば、映画はできあがり――どうだい」

女は微笑んだ。

「そうね、とても――とても斬新な助言ですわ、ホビーさん」

「パット・ホビーだ。ちょっとここで待たせてもらっていいかね。ぼくが会いに来たやつは昼食に出てるんだ」

パットは女の真向かいに腰を下ろすと、写真誌を手に取った。

「あ、そこに印をつけておきたいんですが」女が早口で言った。

女が目を落としたページをパットは見やった。ヨーロッパの美術館の所蔵の絵画を箱詰めにして安全な場所へ運び去る、という記事が載っている。

「その記事を、どう使うつもりなの？」パットが尋ねた。

「そうね、絵画の荷造りをしているとき、そばに老人がいるとおもしろいかなと思ったんです。そのおじいさん、自分の仕事として荷造りの手伝いをしようとするの。でも雇ってもらえない――単なるじゃまな男なんです――使い捨ての兵士にもなれない。先方にとって必要なのは屈強な若者だけ。だけど、そのおじいさんて、実は荷造りされている絵画を大昔に描いたご本人だってことがわかるの」

パットは考えてみた。

「悪くないけど、ぼくには合わないな」

「あら、けっこうよ、超短篇作《ショートショート》なら使えそうですので」

「なにかいい長篇映画の企画はないかね。ぼくはこのへんの業界関係者全員と親しいんだ」

「わたしには契約の縛りがありますから」

「別名を使えばいい」

電話が鳴った。

「はい、プリシラ・スミスです」女が応じた。

すかさず女はパットに目を向けた。

「ちょっと席を外していただけないかしら。私事《わたくしごと》ですので」

パットは聞き入れ、部屋を出ると廊下を歩いた。ドアに名前のない部屋を見つけると、なかに入ってソファで眠った。

Ⅱ

その日の午後遅く、パットはジャック・バーナーズの待合室に戻った。オフィスで若い女と出会った男をめぐる企画を思いついた。女は速記者なのかと思ったが、脚本家だとわかったという内容だ。だが男は女を速記者として雇い、二人で南太平洋をめざす。これが出だしだ。ジャックに語れるだけのものはあると、パットは思った――プリシラ・スミスを思い浮かべながら、もうとっくに使われるのを見かけなくなった古びた中身を今ふうにして取り入れた。

パットは我ながらこの企画にわくわくした――束の間ぐっと若返った気がして、待合室を行ったり来たりしながら、冒頭の局面《シークェンス》を頭の中で繰り返しけいこした。「よし、『或る夜の出来事』[*4]みたいな展開だな——新たな味を加えたが。ヘディ・ラマー[*5]を——」

ふむ、自分は上の連中と話をするすべを心得てるんだ、話すことがあるんだから。ちゃんと会えればな。

「バーナーズさんは、まだ忙しいのかね」パットが訊くのは、もう五回目だ。

「そうなんですよ、ホビーさん。ビル・コステロさんとバークさんが中にいます」

パットはすばやく頭を働かせた。もう五時半だ。昔は、ただ相手の部屋に飛び込むだけで企画が売れたこともあったが。企画には二、三千ドルの値がついた。そのときちょうど作っていた映画の中身に会社側が飽き飽きしていたからだ。

パットはなに食わぬ顔で廊下へ出ると、別のドアへ向かった。そこを開ければ、トイレからジャックのオフィスに通じている。パットはすっと息を吸うと、勢いよく中へ入った……。

「……以上です」五分後、パットが話を締めくくった。「ほんの一場面ですよ——まだなにも完成してはいませんが、作業部屋と秘書をあてがってもらえると、こちらとしては三日で文字に起こせます」

バーナーズとコステロとバークは、互いに顔を見合わせるまでもなかった。代表してバーナーズが口を開くと、穏やかながら迷いなく言った。

「今のは使えないよ、パット。そんなのじゃ、こっちはカネを出すわけにはいかない」

「自分でもっと磨きをかけてみたらどうかな」ビル・コステロがさりげなく言った。「仕上がったらみてみようじゃないか。我々は企画を探し求めているんだ——なかでも戦争物を」

「報酬を得る身になれば、もっといい考えも浮かぶってもんです」パットが言い返した。部屋はしんとなった。パットにとって、コステロとバークはかつてともに酒を飲み、ポーカーをやり、競馬場に通った仲間だった。パットが働く場を与えられれば、この二人なら心から喜んでくれるはずだ。

「戦争かあ」パットはものうげに言葉を継いだ。「今はなんでもかんでも戦争だ。こちらが今までどれほどの実績を挙げていてもね。こういう目に遭うと、どんなことが頭をよぎるかわかりますか。見捨てられたひとりの有名画家の姿ですよ。戦時中だからって、無用の存在となり——単なるじゃまな男にされた」自身の姿を頭に浮かべると、話にも熱がこもった。「——それでも相手方ときたら、貴重な宝だ、見捨てるには惜しいなどといって、男の絵画をせっせと荷車で運び出すんだ。おまけに本人には手伝うことさえ許そうとしない。そんな場面がよみがえりましたよ」

一瞬、また部屋は静まり返った。

「今のは悪くない話じゃないか」バークが思案ありげに言い、ほかの二人に目を向けた。「なあ、そうだろ。話自体は」

ビル・コステロもうなずいた。

「いい線いってる。それに、その話をどこへ入れ込んだらいいか、わかるぞ。第四局面《シークェンス》の最後だ。エイムズを画家に変えよう」

ほどなく話題はカネのことになった。

「今の筋立て、二週間で仕上げてくれ」バーナーズがパットに言った。「週二五〇ドル出そう」

「二五〇？」パットは思わず訊き返した。「そりゃあない、かつてはその十倍払ってくれたでしように」

「十年前の話だろ」ジャックが諭そうとした。「すまんな。今はこれがせいぜいだ」

「さっきの老画家の気分を味わわされるなあ――」

「あまり吹っかけるな」笑みを浮かべて立ち上がりながらジャックが言った。「おまえは雇われる側なんだ」

パットは自信ありげな目つきで足早に立ち去った。五〇〇ドル――それだけあればひと月は心の重荷を取り除けるし、二週間から三週間へと契約期間が延びることもよくある――ときには四週間も。パットは正面の門から胸を張ってスタジオを出ると、酒店に立ち寄って半パイントのビールを買い、自室へ戻った。

七時になるころには、見込みはさらによくなる気がした。前金がもらえるなら、明日はサンタ・アニタ競馬場だ。今夜は――そう今夜は前夜祭でもやらないと。込み上げてくる歓びをかみしめながら、パットは地下の廊下にある電話まで行くと、スタジオに電話して、ミス・プリシラ・スミスの電話番号を尋ねた。あんなにきれいな女はもう何年も見たことがない……。

プリシラ・スミスは自分のアパートメントにおり、いくらか硬い口ぶりで受話器に向かって話していた。

「まことにすみません。だけど、どうしてもできそうに……いえ――週の残りはずっとからだが空いていないんですわ」

プリシラが受話器《ディクトグラフ》を置くと、ジャック・バーナーズがソファから声をかけた。

「誰なんだ」

「え、ああ、仕事部屋に来たどこかの男よ」プリシラは笑いながら答えた。「台本作りをしているときにタネ本なんかぜったい読んではだめですって」

「うそじゃないだろうな」

「もちろんよ。なんなら、男の名前を思い出しましょうか。それはともかく、今朝わたしが考えた企画をまずお話ししたいの。ある雑誌の写真を見ていたのよ、ロンドンのテート・ギャラリーで絵画を荷造りしているところなんですって。で、わたし思いついたんですけど――」

訳註
＊1　プロボクシング元世界ヘビー級王者マックス・ベア（1909-59）のことか。
＊2　一九二八年のアメリカ大統領選挙の際、共和党のハーバート・フーバー陣営が示した標語〈すべての鍋に鶏肉、すべての車庫に車〉のもじりか。
＊3　一九三九年、ポーランドがナチス・ドイツに侵攻されたことを指す。
＊4　『或る夜の出来事』（*It Happened One Night*　監督フランク・キャプラ、一九三四）。原作は当時

売れっ子のサミュエル・ホプキンズ・アダムズ作『夜行バス』を改題し、ロバート・リスキンがシナリオを担当。

＊5　ヘディ・ラマー（1913-2000）オーストリア出身の女優。代表作『春の調べ』（一九三三）。

（井伊順彦 訳）

お湯を沸かして、たっぷりと

パット・ホビーは脚本家棟の自分のオフィスに坐り、午前の仕事にかかっていた。脚本部から戻って来たところだ。シナリオの「練り上げ」をしている。最近よく任される類いの仕事だ。とりとめもない話に、大至急、筋道をつけるというような作業だが、この「大至急」という言葉のせいで、恐れをなしたり、あるいはなにか閃いたりということはなかった。というのもパットは三十歳のときから業界にいるからだ。もう四十九歳になる。今朝した仕事としては——（台詞の順序を少しばかり入れ替え、それゆえ自分の作品だと言い張れる程度のことを除けば）実際に彼が書き足した部分はたった一言、医者が口にした命令文だけだった。「お湯を沸かして、たっぷりと」

決め台詞だ。台本を読むなり、まさに完璧な一言として、すぐ頭に浮かんだ。いにしえのサイレント映画時代だったら、パットはこの一言を話し言葉として字幕に使い、ひとときは台詞を捻り出す苦労からまぬがれたところだ。ともあれ、このシーンで他の連中になにかしゃべらせなければならないが、なんら浮かんでこなかった。

「お湯を沸かして」と、パットは独り言のように繰り返した。「たっぷりと」

沸かすという言葉から、すぐに食堂のことが思い起こされ、心はうきうきした。人を敬いたい気分にもなった。パットのような古株にとって、なんとかこの世界でやってゆくためには、ランチで同席する相手の方がオフィスで口述筆記するよりも大事だ。パットがよく口にするように、これは芸術ではない、産業なのだ。

「これは芸術なんかじゃない」廊下にある冷水器《ウォーター・クーラー》の水を悠然と飲んでいたマックス・リームに、パットは言った。「産業です」

マックスはおりよく、パットに週給三五〇ドルで三週間契約のエサを投げてやったところだ。

「おお、パット。もうなにか仕上げたかね」

「あ、もう、ひとつ浮かんでますよ、これでみんなを――」と、相手が目をむくほど自信ありげに、手術室で見られるような、おなじみの生態学上の機能についてパットは述べた。マックスは相手の本気度を見定めようとした。

「ここで読んでくれないかね」彼は求めた。

「まだだめです。ともかく、押さえどころは外してませんよ、意味がおわかりですかね」

マックスは、だいじょうぶかいな、という表情をあらわにした。

「まあ、やってみてくれ。救急室に行って、医者に専門事項をちょっと確認してもらうことだ。それなら間違いない」

パスツール[*1]の精神がパットの目にきらめいた。

「そうですね」

マックスとスタジオの中を一緒に歩くのは気分爽快だった――あまりに気分がよいので、このプロデューサーに食らいつき、大物席《ビッグ・テーブル》で一緒に坐ることに決めた。しかしその期待虚しく、マックスはさらりと「じゃ、また」と言って、床屋に入って行った。

かつてはパットもビッグ・テーブルの常連だった。全盛期には重役専用の個室でたびたび食事をしたこともある。ハリウッドの古株だったので、連中の冗談や自慢話、それに浮き沈みの激しい人付き合いの仕組みも理解していた。だがいまや、ビッグ・テーブルにはおぼえきれないほど新顔が次々にやってくる――ハリウッドではお馴染みの猜疑心に満ちた様子でパットを見つめる顔が。あちこちにある小テーブルでは若い脚本家連が陣取り、大まじめに仕事談義をしている。パットとしては、たとえ秘書かエキストラを引き連れていたにせよ、そのどこかにただ坐るだけなら――むしろ隅の方でサンドイッチでも食うほうがましだ。

そこでパットは赤十字の施設に行き先を変え、医者との面会を申し込んだ。看護婦の若い女が壁鏡に向かい、せわしなく口紅を塗っていた。「先生は外出中です。ご用件はなんですか」

「ああそう。じゃ出直すかな」

女は口紅を塗り終えると、顔をこちらに向けた。若く、溌剌としていて、相手をなだめるような明るい笑みを浮かべている。

「わたし、ミス・ステイシーがお相手します。ちょうど昼食に出ますので」

あるなつかしい気持ちがよみがえるのをパットは感じた――かつて何度か結婚生活をしていた

とき以来、置き去りにしていた気持ちだ。こんなかわいい娘を昼食に誘ったりしたら、面倒が起きるだろうな。しかし、もう今は女房なんかいないことを、すぐに思い起こした——元女房たちは離婚後の扶養料をもはや要求しなくなっていた。

「医療のことを調べていてね」彼は言った。「ちょっと教えてもらいたくて」

「医療のこと?」

「執筆中でね。医者に関する内容で。どうだろう、お昼をご馳走するから、医療について二、三聞かせてもらえないかな」

　看護婦はもじもじした。

「どうしようかしら。今日が初出勤なんです、ここは」

「それは構わない」彼は安心させるように言った。「スタジオは民主的なんだ。お偉いさんから小道具係まで、みんなジョーとかメアリーなんて呼び合ってるよ」

　パットはランチに向かう途中、出くわしたある人気男優に挨拶し、相手からも名前を呼んでもらうというかたちで、どうだとばかりに自分の発言の正しさを示した。スタジオの食堂で、二人はビッグ・テーブルの間近の席に案内された。彼の担当プロデューサーであるマックス・リームが目を上げ、「見たぞ」という顔をちらっと見せ、ウインクした。看護婦はヘレン・アールという名で、しきりに辺りを見まわしていた。

「知ってる人はいないわ」と彼女は言った。「あっ、でも、ロナルド・コールマン[*2]は別。ロナルド・コールマンってあんな顔してたかしら」

パットは突然、床を指差した。

「それにミッキー・マウス」

彼女は飛び上がり、パットは自分のギャグに笑った。しかしヘレン・アールは夢見るような目つきで、〈第一帝政〉の色彩豊かな衣装をまとい、ホールを埋め尽しているエキストラの方に早くも目を移している。彼女がそんな端役たちに心奪われているのにパットはかちんときた。

「大物の席は隣のテーブルなんだ」とパットは厳かに、物欲しそうに言った。「監督はじめ、最高の役職者を除けば全員がね。連中ならロナルド・コールマンにズボンのアイロン掛けだってやらせることができる。普段は、ぼくはそっちのテーブルに坐るんだが、女性の同伴を連中が煙たがるんでね。つまりランチのときには」

「あら」とヘレン・アールは上品に、ただ感心した様子もなく言った。「脚本家というお仕事もきっと素敵なんでしょうね。とってもおもしろそう」

「特有の利点があるんだ」と彼は言ったが、ふと、長年のみじめな思いが脳裡をよぎった。

「お医者さんについて、どんなことを知りたいんですか」

苦労が再び甦った。パットの心にあった何かが、ストーリーを考えていたときにプツンと切れてしまった。

「たとえば、マックス・リーム、こちらを向いてる男だが、マックス・リームとぼくは医者を扱った台本を持っているんだ。わかるかな？　病院物みたいなやつだが」

「わかります」と相手は言ってから、間を措いて言葉を続けた。「わたしはそのための訓練を受けていますから」

「我々はそれを上手にやらなければならないわけだ。一億人もの客の目にさらされるものでね。というわけで、台本の中の医者なんだが、彼がお湯を沸かすように命令する。『お湯を沸かして、たっぷりと』と。そこで、人はそんなときになにをするだろうかって、ちょっと思ったんだ」

「どうするって、多分、お湯を沸かすでしょ」ヘレンが言い、それから、質問についてなにか頭が混乱した。「どういう人たちですか？」

「まあ、誰かの娘と、そこに住んでる男と、弁護士と、怪我した男と」

ヘレンは答える前に、その状況を呑み込もうとした。

「——で、ほかのやつもいるが、この男は省くつもりだ」パットは話し終えた。

しばらく間があった。ウェイトレスがツナ・サンドをテーブルに置いた。

「まあ、お医者さんが命令を下せば、命令は命令ね」ヘレンはきっぱりと答えた。

「なるほど」パットはビッグ・テーブルのちょっとした動きに気をとられ、上の空で尋ねた。

「君、結婚は？」

「してません」

「ぼくもだ」

ビッグ・テーブルの脇にエキストラがひとり立っていた。ごわごわの口髭を生やしたロシアのコサック兵だ。男はパターソン監督とプロデューサーのリームの間にあった空席の椅子の背に手を掛けたまま立っていた。

「これ、空いてるかね？」男は強い中央ヨーロッパ訛りで尋ねた。

ビッグ・テーブルに着いていた連中が全員、男をじっと見つめた。最初見て、一瞬、誰か有名な俳優に違いないと思ったのだ。しかし、すぐにそうではないことがわかった。部屋のあちこちに点々と散るさまざまな彩りの軍服を着た連中のひとりだった。

テーブルに着いていたひとりが言った。「その席にはもう先客がいるよ」しかし、男は椅子を引いて、坐った。

「どこかで食べなくちゃならんからね」男はニヤッと笑って言った。

周囲のテーブルでざわめきが起きた。パット・ホビーは口をぽかんと開けたまま、相手を見つめていた。それはまるで〔レオナルド・ダ・ヴィンチの〕《最後の晩餐》にドナルド・ダックをクレヨンで描き込んだような感じだった。

「見ててごらん」パットはヘレンに注意を促した。「連中があの男をどうするか。さあ、どうなるか」

みながびっくり仰天して静まり返ったビッグ・テーブルで、制作部主任のネッド・ハーマンが沈黙を破った。

「このテーブルは予約席だよ」と彼は言った。

エキストラはメニューから顔をあげた。

「どの席に坐ってもいいと言われたんだがね」

彼はウェイトレスを手招きした。ウェイトレスはもじもじして、どうしたらいいか周囲にいる上司たちの顔をうかがった。

「エキストラはこの席では食べないんですよ」マックス・リームは依然として丁重に言った。

「この席は……」

「食べなきゃならんのだ」コサック兵は頑なに言い張った。「このひでえハチャメチャ映画を撮っている間、六時間も立ちっぱなしだったんだ。だから、食べなくちゃのう」

沈黙があたりに広がった。パットのいる角度から見える限り、なにもかもがぽっかり虚空に漂っている感じだった。

エキストラはうんざりだというふうに頭を振った。

「誰がでっちあげた代物か知らねえが」と彼が言った――マックス・リームが席から身を乗り出した――「ハリウッドでこれまで見たなかじゃ、最低の駄作だな」

連中はどうしてなにもしないんだろうと、パットは坐りながら思っていた。やつを叩きのめすとか、外へ引きずり出すとか。もし連中がびくついてるのなら、スタジオ警備員を呼べばいい。

「あの人、誰?」ヘレンが無邪気にパットの視線を目で追っている。

「わたしも知っておいたほうがいい方かしら」

怒りで甲高くなったマックス・リームの声にパットは聴き入っている。

「立ち上がって、出て行きたまえ、君。さっさと出て行け！」

エキストラは顔をしかめた。

「いったいあんた、何様のつもりなんだ」男は高飛車に言った。

「今にわかる」マックスはテーブルのみんなに向かって言った。「クッシュマンはどこにいる――労務担当者はどこだ」

「おれを追い出してみろ」エキストラは言って、剣をおさめた鞘の柄《つか》をテーブルから見えるように掲げた。「あんたの耳にこれを掛けてやろう。こっちもこのまま黙っちゃいないさ」

時給なら千ドルはもらうテーブルについていた十人ほどは、席も立たずあっけにとられたままだ。離れたドア付近にいたスタジオ警備員が、ただならぬ気配を察して、人ごみを掻き分け近づいて来た。また、監督のビッグ・ジャック・ウイルソンがさっと立ち上がり、テーブルを廻ってこようとしている。

しかし、これらは手遅れだった。堪忍袋の緒が切れたパット・ホビーは弾かれたように椅子から立ち上がり、近くの配膳スタンドから重くて大きなトレイをつかむと、大股で二歩進んで現場に達し――四十九歳のあらん限りの力で、エキストラの脳天にトレイをぶちかました。エキストラの男は、今にも襲ってきそうなウイルソンに身構えるべく立ち上がったところに、顔面と額にガツンと一撃を喰らった。ふらつく男のぶあついドーランの上に十本ほどの赤い筋が噴き出し、たらたら流れた。男は椅子と椅子の合間に横向きに倒れ込んだ。

パットはハアハアいいながら、男を見下ろすように立った――トレイを手にしたまま。

「このごろつきめ!」パットは叫んだ。「ここをどこだと思って――」

スタジオ警備員が人を押し分けて進んできた。ウイルソンも人を押し分けて進んできた。さらに別のテーブルから仰天した男が二人、事態を見極めようと大急ぎでやって来た。

「悪ふざけだったんだよ、これは！」ひとりが叫んだ。「ウォルター・ヘリックだ、作家の。これは彼の作品なんだ」

「なんてこった《マイ・ゴッド》！」

「彼はマックス・リームをからかってたんだ。な、おふざけなんだよ」

「彼を引っ張り出してやれ……医者を呼べ……気をつけろ、そこだ！」

ヘレン・アールもあわててそばに寄った。ウォルター・ヘリックは広い場所にずるずると床を引かれていった。叫び声がした。「誰がやったんだ。誰がこいつを叩きのめしたんだ？」

パットの手からトレイが椅子にぽろりと落ちた。騒ぎにまぎれて、その音は誰にも気づかれなかった。

ヘレン・アールがきれいな紙ナプキンを山ほど持って、男の頭を素早く拭くのをパットは見ていた。

「なんで彼がこんな目に遭わなきゃいけないんだ！」誰かが叫んだ。

パットはマックス・リームの目を見たが、マックスはたまたま目をそらしていたので、パットは不当に罪を負わされた感覚に襲われた。この危機は、夢であれ現《うつつ》であれ、とにかく彼ひとりが手を下したのだ。彼ひとりが男らしくふるまった。他のおエライ方々は、いいように侮辱され、罵倒されたのだ。それが今、自分が罪をかぶるはめになるのか——ウォルター・ヘリックは権力をもち、人気もあり、ニューヨークではショーをヒットさせ、週給三千ドルを取る男だ。いったい誰が、あれがおふざけだなんて想像できるだろう。

医者がやって来た。彼が女性マネジャーになにか言うところがパットの目に入った。彼女の金切り声に追い立てられるように、ウェイトレスたちが木の葉さながらキッチンに散らばっていった。

「お湯を沸かして！　たっぷりと！」

その言葉がパットの重い心に、荒々しく恐ろしく降りかかった。しかし、次になにが起こるか直《じか》にわかっていたが、そこから書き進められる気がしなかった。

（今村楯夫 訳）

訳註

＊1　ルイ・パスツール（1822-95）フランスの生化学者。ワクチンの開発として有名。作者は果敢に実験に挑戦する精神をパットが持とうとする態度による結末を暗示している。

＊2　ロナルド・コールマン（1891-1958）イギリス生まれ。トーキー黎明期を代表するスターのひとり。『二重生活』（一九四七）でアカデミー主演男優賞。

天才とタッグを組んで

「一か八かと思って、君に使いを出したんだ」ジャック・バーナーズが言った。「きっと手伝ってもらえるだろう仕事があるんだがね」

パット・ホビーは人間あるいは脚本家のひとりとして気分を害することはなかったが、一応、形だけの不平を申し立てた。

「ぼくもこの仕事に関わって十五年ですよ、ジャック。犬についてるシラミの数より、上映作品に脚本家としてぼくの名前が載るほうが多いぐらいだ」

「ちょっと言い方がよくなかったかもしれないが」ジャックは言った。「わたしが言いたいのは、それは大昔のことだってことだ。カネについてだが、リパブリック社が先月払っていたのと同額を支払おう、週三五〇ドルだ。ところで、ルネ・ウィルコックスって名前は聞いたことあるか？」

聞いたことのない名前だった。この十年間、パットは本などほとんど開いたこともなかった。

「彼女、なかなかいいですね」パットは思い切って言ってみた。

「男だよ、イギリスの劇作家だ。ロスに来たのは健康上の理由だ。この一年、我々はロシア・バレエの映画化のことで試行錯誤してきたんだが——出来の悪いシナリオが三本、手元にある。そこで先週、ルネ・ウィルコックスと契約を結んだ。まさにうってつけの男だ」

　パットは考えてみた。

「ということは、つまり——」

「わたしにも先のことはわからないし、どうだっていい」バーナーズがきっぱり言葉を遮った。「ゾリーナ[*1]を借りられるだろう。だから、ことは迅速に進めたい。ただの準備稿じゃなくて撮影用台本で。ウィルコックスには経験がない。そこで君の力が必要なんだ。かつて君は構成にかけては適任だった」

「かつて、ですか!」

「ま、今もそうかもしれんが」ジャックは励ますような、明るい笑みをちらっと見せた。「オフィスを見つけて、ルネ・ウィルコックスと一緒にやってくれないか」行こうとするパットをジャックは呼び戻し、手に札を握らせた。「まず第一に、帽子を新調することだな。昔は秘書たちの間で、なかなかの人気者だったじゃないか。四十九歳だからって諦めちゃいけない」

　脚本家棟に着くと、パットはホールの案内板をちらっと見て、二一六号室をノックした。返事はなかったが部屋に入ると、金髪でほっそりとした二十五歳くらいの若い男が窓辺でもの憂気に外を見ていた。

「やあ、ルネ」パットは声をかけた。「君の相棒だ」

こいつなんでここにいるんだ、というような怪訝な顔でウィルコックスは相手を見たが、パットは愛想よく言葉を続けた。「なにか一緒に仕上げるように言われたんだが。共同制作の仕事はやったことはあるかな?」

「映画向けのものを書いたことはないですね」

このことで映画のクレジットに自分の名前が出る可能性が高まったが、同時になにか仕事をしなくちゃならない。そう思うと、喉がからからに乾いた。

「戯曲を書くのとはわけが違う」彼はこの場にふさわしく重々しい口調で言った。

「うん。その手の本は読んだことがあります」

パットは笑い声を上げたくなった。一九二八年のことだ。ある男と一緒に『映画制作の秘密』なる子供だましの本を出したことがある。サイレント映画の時代だったら、かなりの金を稼がせてくれただろう。

「まったく簡単なことのように思えますがね」とウィルコックスは言った。突然、彼はラックから帽子をとった。「ちょっと出掛けてきます」

「台本の打ち合わせをしたくないのか?」パットは高飛車に言った。「どのあたりまで進んだのかな」

「なにも進んでいませんよ」ウィルコックスは落ち着き払って言った。「あのアホのバーナーズが、屑みたいなホンを手渡して、そこから書き継ぐよう言ったんです。でも、そいつが呆れるほどひどい代物で」と彼は碧い目をすっと細めて言った。「ところで、ブームショットってなんですか？」

「ブームショット？　なあに、クレーンにキャメラを乗せて撮るやり方さ」

パットは机の方に身を乗り出し、青表紙の「準備稿」を手に取った。表紙に次のような文字が書かれていた。

『バレエ・シューズ』
準備稿
コンシュエラ・マーティン作
コンシュエラ・マーティン原作

パットは冒頭を見て、それからざっと結末に目を通した。

「どこかに戦争のことを書き加えられたらいいんじゃないかな」と彼は眉をひそめながら言った。「ダンサーを赤十字の看護婦として着任させる、すると彼女はすっかり別人に生まれ変わる。言ってる意味、わかるかな？」

返事がない。パットが振り返ると、ドアが音もなく閉まりかけていた。

なんてこった！　彼は大声をあげた。散歩にでかけてしまったら、どんな共同制作ができるっていうんだ。ウィルコックスはきちんとした中座の言葉もなかった。サンタ・アニタ競馬場のレースのほうが大事か！

ドアが再び開き、かわいらしい若い女の顔が覗き一瞬、脅えたような表情を見せ、「あら」と言って消えた。すると、引き返して来た。

「あの、ホビーさんですよね?」彼女は声をあげた。「ウィルコックスさんを探していたんです」

さて、名前はなんだったかな、と思っていると彼女の方から答えてくれた。「キャサリン・ホッジです。三年前にこちらで仕事をしていたとき、あなたの秘書でした」

かつて一緒に仕事をしたことがあったのはわかったが、より深い関係にまで至ったかどうか、パットはすぐには思い出せなかった。それが恋愛だったというふうには思えなかったが、じっと彼女を見つめていると、恋愛でなかったのが悔やまれた。

「坐りたまえ」パットは言った。「ウィルコックス付きになったのか?」

「と、思っています。でもまだ仕事はいただいておりません」

「あいつ頭がおかしいんじゃないかな」パットは暗い声で言った。「ブームショットってなんですか、なんて聞いてきた。病気かもしれない。だからこの土地に来たんだろう。そのうちにオフィス中にゲロでも吐き出すんじゃないか」

「今は良くなってますよ」キャサリンが反論した。

「そうは見えない。ぼくのオフィスに来てくれないか。今日の午後、ぼくの仕事を手伝ってもらいたいんだ」

キャサリン・ホッジに『バレエ・シューズ』の準備稿を読み上げてもらっている間、パットはソファに横になっていた。第二場のちょうど真ん中あたりで、彼は新調したばかりの帽子を胸に載せたまますやすやと眠ってしまった。

翌日の一一時、帽子は別として、パットが目にしたルネもまったく同じ格好で寝ていた。それから三日間、その状態が続いた——ひとりが眠り、もうひとりが起きている——あるいは二人とも眠る。四日目になり、バレエ・ダンサーたちを別人に変えてしまう力が戦争にはあるという案を、パットが再び持ち出し、意見が交わされた。

「戦争のことは出さないで済ませられませんか」とルネが言った。「兄が二人近衛連隊にいるんです」

「ハリウッドに君がいられるのは幸運だね」

「そうかもしれませんね」

「で、映画の最初のシーンに、どんな妙案があるのかな」

「今の冒頭のシーンはいやですね。生理的に吐き気がしそうなぐらい」

「とすると、それに代わる何かをもって来なくちゃならない。だから、戦争をもって来ることになる」

「ランチに遅れてしまいそうなので」ルネ・ウィルコックスは言った。「じゃあ、また。マイク」

パットはキャサリン・ホッジに愚痴っぽく言った。

「あいつがぼくのことをなんと呼ぼうと勝手だけど、誰かがこの映画を仕上げなくちゃならない。ジャック・バーナーズのところに行って話をして来よう。でも、ぼくら二人ともお払い箱になるかもしれないな」

さらに二日間、パットはルネのオフィスに陣取り、彼の気力を奮い立たせようとしたが、効果はなかった。翌日、捨て身の覚悟で出かけて行ったが、脚本家の方はスタジオに姿すら見せなかった。パットは覚醒剤《ベンゼドリン》の丸薬を飲み、ひとりでストーリーと格闘した。準備稿を片手にオフィスの中をゆっくり歩きながら、キャサリンに口述した――ハリウッドにおける偏見まみれの自分史を短く挿入して。この日の終わりには台本を二ページ書き進めることができた。

次の一週間は人生で最も忙しい週となった――キャサリン・ホッジに言い寄るひまもないほどに。壊れかかった廃船のごときパットのからだだが、次第にギシギシ音を立てながら動き出した。覚醒剤《ベンゼドリン》とコーヒーのがぶ飲みで午前中は頭が冴え、夜はウィスキーで知覚が麻痺した。昔の神経炎がひたひたと足もとに忍び寄り、神経がピリピリし始めるにつれ、ルネ・ウィルコックスに対する憎しみが増大していき、それは一種、束の間気持ちを煽り立てる効果を果たした。独力で台本の目安がほぼついたところで、ウィルコックスは一行たりとも関わってはおりません、とメモをバーナーズに手渡すことにした。

しかしこれはやり過ぎだった。パットは度を超えていた。半分だけ仕上げてから、さらに二十四時間、全速力で仕事を進め、すっかり息切れしてしまった。翌朝、スタジオに戻ると、午後四時に台本を持参せよ、というメッセージがバーナーズ氏から届いていた。ドアが開き、ルネ・ウィルコックスが片手にタイプされた台本を持ち、バーナーズのメモの写しをもう一方の手に持って部屋に入って来たとき、パットは吐き気をおぼえると同時に頭が混乱してしまった。

「大丈夫ですよ」ウィルコックスは言った。「完成しました」

「なんだって？　君、仕事してたのか」

「仕事はいつも夜するんです」

「なにを完成したって？　準備稿か」

「いや、撮影用台本ですよ。最初は個人的な悩みでグダグダしていましたが、でもいったん取りかかると簡単でした。あとはただキャメラの後ろに立って、あれこれ空想を巡らしてもらうだけです」

パットはびっくりして立ち上がった。

「でも、協力してやることになってたじゃないか。ジャックが怒るぞ」

「わたしはこれまでもずっと、ひとりで仕事をしてきました」とウィルコックスは穏やかに話した。「午後にでもバーナーズさんには説明します」

パットは坐ったまま呆然としていた。もしウィルコックスのシナリオがいいものだとしたら。しかし、台本第一作目の出来がいいなんてことはあるだろうか。あいつ、書いてる途中で、おれに中身を教えてくれればよかったのに。二人で話し合えば、中身も濃くなったかもしれないのに。

恐怖がじわっとパットの心に広がっていった。この仕事をもらってからというもの、最初に思いついたアイディアにずっと囚われていた。彼は脚本部に電話し、キャサリン・ホッジを呼び出した。キャサリンが電話口に出たところで、自分の望みを伝えた。キャサリンはためらった。

「ぼくはただ、読んでみたいだけなんだ」パットは早口で言った。「もしウィルコックスがそこにいれば、もちろん持ち出せないだろう。でもあいつ、部屋にいないかもしれない」

彼はそわそわしながら待った。五分ほどして、台本を手にしてキャサリンが戻って来た。

「謄写版《ガリ》刷りでもなく、綴じられてもいませんが」と彼女は言った。

彼はタイプライターに向かうと、二本の指で手紙をつまんだとき手がぶるぶる震えた。

「お手伝い、しましょうか?」彼女が尋ねた。

「無地の封筒と消印を押してある切手と糊を見つけてきてくれ」

パットは自分で封をし、それから指示を与えた。

「ウィルコックスのオフィスの外で聞き耳をたてて、彼が中にいるようだったらドアの下からこれを差し入れてくれ。もし外出中だったら、どこにいるにしろ、彼に届けるよう雑用係に言ってもらいたい、郵便室からの依頼だと。それから君は午後中、スタジオを離れてる方がいい。そうすれば彼にはバレない、いいかい」

彼女が出て行くと、パットはメモのコピーをとっておけばよかったなと思った。そんな気持ちになったことが誇らしかった――どことなく事実として誠実さが感じられるではないか。仕事ぶりでは誠実さが欠落していることなどしょっちゅうだったが。

ウィルコックス殿
本日、貴殿のお二人のご兄弟が戦闘中に長射程短機関銃に被弾し、亡くなられましたことをお悔やみ申し上げます。即刻イギリスにご帰国されますよう。

ジョン・スマイズ
在ニューヨーク、イギリス領事館

しかし、自画自讃している暇はないとパットは気づいた。ウィルコックスの台本を開いてみた。驚いたことに、それは技術面で熟達したものだった。ディゾルブ[*2]やフェード、カット、パン、トラッキング・ショット[*3]などが精細に指示されていた。これを読めばあらゆることが容易にわかる。最初のページに戻り、パットは上の余白に次のように書いた。

『バレエ・シューズ』
初稿
パット・ホビーおよびルネ・ウィルコックス作――を次のように訂正した――ルネ・ウィルコックスおよびパット・ホビー作

それから夢中でシナリオに取りかかり、数十箇所ちょっとした修正を施した。「立ち去れ！」を「とっとと消え失せろ！」に変え、「面倒に巻き込まれた」を「ヤバイことになった」とし、「のちのち後悔するぞ」を「あとがこええぞ」と適当な造語に置き換えた。それから脚本部に電話した。

「パット・ホビーです。ルネ・ウィルコックスと台本に取り組んでます。三時半までに謄写版刷りが欲しいとバーナーズさんから要請があるんです」

これで共同執筆者には気づかれずに、彼より一時間は先に取りかかれる。

「緊急を要するんですか」

「その通り」

「手分けして、女の子たち六、七人にやってもらうことになりますね」

雑用係がやって来るまでパットはせっせと改稿を続けた。戦争のことを挿入したいと思ったが時間はなかった。やって来た雑用係に、まあ坐りたまえと言って、自分は最後のページに鉛筆でせっせと記した。

クローズアップ——ボリスとリタ
リタ：そんなの、どうでもいいじゃないの。わたし従軍看護婦になったの。
ボリス：（感心して）戦争が清らかになって、生まれ変わるなあ。
（ボリスが激しくリタを抱き寄せると、音楽が沸き起こり、二人はフェードアウトする）

ひと仕事終えてぐったりし一杯飲みたくなったパットは、スタジオを出て向かいのバーへこっそり入り、ジントニックを頼んだ。

からだが暖まってきたところで、パットは気持ちも熱くしながら考えをめぐらせた。給料をもらった分の仕事は、ほぼやり終えた——手をつけたところが、たまたま筋立てというより台詞だったが。それにしても、筋立てがパットの手になるものではないと、バーナーズにわかるはずもあるまい。キャサリン・ホッジだって関わり合いになりたくないからとなにも言うまいし。悪いといえばみんな悪いのだが、とくにルネ・ウィルコックスが悪いではないか、独り歩きしていたのだから。パットはつねに自分の信条に従って、共同作業をしてきたのだ。

パットは酒をおかわりし、口臭予防タブレットを買い、しばらくドラッグストアで五セントのスロットマシーンを楽しんだ。脚本編集係のルーイから、もっと大きな額の金を賭ける気はないかい、と訊かれた。

「今日はやめとくよ、ルーイ」

「会社からいくらもらってるんだ、パット」

「週給千ドルさ」

「そう悪くないな」

「ああ、これからおれたち古株が続々と職場に復帰するよ」パットは予言した。「サイレント映画時代には、正真正銘の修業をしたもんだ――監督は即興演出をして、ちょっとおもしろい台詞を入れてくれと言ってきたものさ。それが今じゃ、仕事も甘っちょろくなった。映画界も英語教師を雇うようになったとはな。連中になにがわかるんだい」

「クェイカー・ガール〔競走馬〕にいくらか賭けないか?」

「いや。今日の午後は、大事な用事があるんだ。馬のことにかかずらってるひまはない」

三時一五分にパットがオフィスに戻ると、明るい色の新しい表紙の自作シナリオが二部、目に留まった。

『バレエ・シューズ』

ルネ・ウィルコックスおよびパット・ホビー作

初稿

自分の名前がタイプされているのを見てパットはほっとした。ジャック・バーナーズの控室で待っている間、名前の順序を逆にしたほうがよかったかな、という気がしないでもなかった。適任の監督が撮ってくれれば、これは第二の『或る夜の出来事』*4になるかもしれない。自分の名前がそのような作品に載れば、三、四年はボロ儲けできる。今度こそ金を貯めよう——サンタ・アニタ競馬場通いは週一回にして——ビバリーヒルズに豪邸が欲しいなんて言いそうにないキャサリン・ホッジみたいな子を彼女にしよう。

白日夢が突然、バーナーズの秘書によって破られ、お入りくださいという声が聞こえた。パットが部屋に入ると、嬉しいことにバーナーズの机には新しいシナリオが一部載っていた。

「ところで」バーナーズが唐突に切り出した。「君、精神科医に診てもらったことはあるか」

「ないですね」とパットは認めた。「でも診てもらいに行ってもいいですよ。それが新たな任務でしたら」

「いや、そういうわけじゃない。君が熱意を失っているんじゃないかと思ってね。窃盗といえども、ある種の手際の良さが必要だ。たった今、ウィルコックスと電話で話したんだ」

「ウィルコックスは愚か者です」パットは語気を強めて言った。「彼からはなにも盗んではいません。そこに彼の名前も記されてるでしょう。二週間前に構成をすっかり変えました。場面をすべて。ひとつの場面はまるまる書き加えもしました。結末の戦争に関する内容です」

「ああ、戦争ね」バーナーズは他のことを考えているかのように言った。

「でも、もしウィルコックスの終わり方のほうがお好みなら――」

「そう。彼の結末の方がいい。こんなに素早くこの仕事をまとめられる者なんか見たことがない」バーナーズはひと呼吸おいた。「パット、君は部屋に入ってきてから、ひとつだけ本当のことを口にした。ウィルコックスから盗んだものはなにもない、と」

「盗んだものはないってのは確かです。むしろ彼に作品をくれてやったんです」

しかし、バーナーズが言葉を継ぐと、パットはある種の憂鬱な気分、つまりはどんよりした不快感《レーズ》に襲われた。

「前にも言ったが、こちらの手元には台本がもともと三本あった。君が手を加えたのは、一年前に放棄したやつなんだ。君の秘書がやって来たときウィルコックスは部屋にいて、そいつを君に渡すようにしたんだ。賢いだろ、ん？」

パットは言葉を失った。

「いいかい、彼とあの子は出来ているんだ。この夏、戯曲をタイプしてやったのは彼女らしい」

「出来ている」パットはまさかと言いたげだ。「なんだって、あの男は――」

「ちょっと待て、パット。君、今日はもう充分、面倒を起こしているぞ」

「あいつの責任なんです！」パットは叫んだ。「協力しようともせず、ずっとこれまでも――」

「――彼は上物の台本を書いていたんだ。もしここに留まって、もうひとつ書いてもらいたいと説得できれば、彼には全面的にまかせるつもりだ」

いたたまれず、パットは立ち上がった。

「ともあれ、お世話になりましたよ。ジャック」彼はためらいながら言った。「なにかあったら、代理人《エージェント》に連絡してください」それから突然、ドアに向かって、驚くほどの速さで駆け出した。

ジャック・バーナーズは社長のオフィスに直通電話をかけた。

「読んでいただけましたか？」彼は意気込んで尋ねた。

「すごいじゃないか。君の説明以上だな。ウィルコックスは今ここにいる」

「契約は済みましたか」

「これからするところだ。どうやら、ホビーと仕事がしたいらしい。電話をかわろう」

電話の向こうからウィルコックスのうわずった声が聞こえた。

「是非ともマイク・ホビーと組みたい」と彼は言った、「彼には感謝してます。彼が来る直前に、ある若い女性と喧嘩したんですが、今日ホビーのおかげで仲直りできました。それに、彼のことを戯曲に書いてみたいんです。だから彼と組ませてください。あなた方にとっては、彼は用無しでしょう」

バーナーズは秘書に電話をかけた。

「パット・ホビーを探してくれ。多分、道の向かいのバーにいるだろう。もう一度、雇ってやることにする。でもあとで後悔することになりそうだがな」

電話を切り、もう一度かけた。

「ああ。帽子を持って行ってやれ。置き忘れている」

(今村楯夫 訳)

訳註

＊1　ヴェラ・ゾリーナ (1917-2003) 一九三〇年代から四〇年代に活躍したクラシック・バレエの素養があったハリウッド・スター。代表作『華麗なるミュージカル』(一九三八)。

＊2　徐々に暗くなる前の画面に次の画面が次第に明るくなりながら二つの画面が重なって現われる場面転換技法。

＊3　移動キャメラ台によるショット。

＊4　『或る夜の出来事』(監督フランク・キャプラ、一九三四)。スクリューボール・コメディ映画としてヒットし、アカデミー賞で五部門すべてを授賞。次の五部門制覇は一九七五年の『カッコーの巣の上で』までなく、まさに大記録達成の映画である。

パット・ホビーとオーソン・ウェルズ

I

「このオーソン・ウェルズ[*1]ってのはいったい、何者なんだ？」パットはスタジオで脚本編集係をしているルーイに尋ねた。「新聞を開けば、ウェルズの記事が載ってる」

「ほら、あの顎髭を生やした男だ」ルーイは説明した。

「もちろん、あのヒゲ男だってことはわかってるさ。あのヒゲは、いやでも目に入るからな。だけど、やつにはどんな実績があるんだ？　映画一本で一五万ドル稼ぐために、なにをしたというんだ？」

実際、なにをしたというんだ？　自分のように二十年以上もハリウッドにいたのか？　みんなを仰天させるような実績を挙げたのか？　例えば、パットが映画制作に関わることが減っていき、関わる作品の間隔が開き始めた五年前でも？

「まあ聞けよ、ああいう連中の命は長く続かないって」ルーイは励ますように言った。「名前が売れたと思ったら、すぐ消えていった連中をこれまで何人も見てきたじゃないか。だろ？ パット」

その通りだ——日ざかりにブドウ畑で汗水垂らして働いている人たちは、運が良くても二、三週間で三五〇ドル稼ぐのが関の山だ。かつては妻がいて、フィリピン人を雇い、プール付きの家で生活していた人たちだ。

「あのヒゲのおかげかもしれないな」ルーイは言った。「お前もおれも顎髭[*2]を生やすべきかもしれん。もっともおれの父親も顎髭を生やしていたんだが、生涯グランド通りから抜け出すことはできなかった」

これまでも数々の不運に見舞われてきたが、パットには希望を失わないという才能が残されていた——彼にとって希望がもてる大事な要素は、距離の近さにいることだった。まずなにより、どこかその辺に張りついていなければならない。プロデューサーが目も霞み疲労困憊のさなか「誰かいないか」と思ったとき、まさしくそこに居合わせることだ。というわけでパットはドラッグストアを出て、道を横切り、自分の本拠であるスタジオへ向かった。

スタジオの通用口を通ろうとしたとき、見おぼえのない警備員に止められた。

「今はみんな正面から入っている」

「ぼくはホビーだ。脚本家だよ」パットは言った。

機動隊《コサック》員さまはびくともしない。

「入構証はありますか？」

「今は仕事がひと段落して休んでるところだが、ジャック・バーナーズと取り決めはしてある」

「どうぞ正面へ」

来た道を戻りながら、パットはひどく腹を立てて、こんな想像をした。「石頭の馬鹿ったれ警備員め」パットは頭の中で警備員と銃で撃ち合い、けりをつけた。パン！　どてっ腹に一発。パン！　パン！　パン！

正面玄関にも、新顔の受付がいた。

「アイクはどこだ？」パットは尋ねた。

「アイクは辞めました」

「そうか、まあいい。パット・ホビーだ。アイクはいつも通してくれる」

「ですから、アイクは辞めたんです」受付は静かに言った。「どなたとのお仕事ですか？」

パットは躊躇した。プロデューサーに面倒をかけたくはなかった。

「ジャック・バーナーズのオフィスを呼びだしてくれ」パットは言った。「秘書につなげばいい」

一分ほどして、受付が受話器《ディクトグラフ》からこちらに顔を向けた。

「ご要件は？」

「映画のことだ」

パットは返答を待った。

「秘書がなんの映画か訊いています」

「糞くらえだ」パットは吐き捨てた。「もういい――ルーイ・グリーベルにつないでくれ。なんなんだ、このもったいぶりは?」

「キャスパーさんの命令です」受付が言った。「先週、シカゴから来た見物客が送風機の風に吹かれて倒れまして。もしもし? ルーイ・グリーベルさんですか?」

「ぼくが話そう」パットは言い、受話器を取った。

「パット、こっちにできることはないんだ」ルーイは申し訳なさそうに言った。「今朝は使い走りの子を探すのに手間取ってな。シカゴから来た間抜けが送風機の風に吹かれて倒れてさ」

「そんなこと、わたしになんの関係があるんだ?」パットは熱くなって言った。

　パットはいつもより少し早足でスタジオの壁沿いを進み、裏のスタジオとつながっている通路までやってきた。そこにも警備員はいたが、出入りする人が大勢おり、パットはその中のひとつの集団に紛れ込んだ。ひとたび中に入ってしまえば、ジャックに会えるだろうし、この馬鹿げた禁止令から目こぼししてもらえるだろう。なに、このスタジオのことは最初に掘建て小屋が建てられたころからよく知ってるんだ。ここが砂漠のはずれだと思われていた時代から。

「すみません、この方たちとご一緒ですか?」

「急いでるんだ」パットは言った。「入構証をなくしたんだよ」

「それで? まあ、あんた、私服警官かもしれないな」警備員は写真誌のあるページを開いてパットの鼻先に突きつけた。「たとえおれはこのオーソン・ウェルズだとおたくが言ったとしても、入れるわけにはいかない」

Ⅱ

古いチャップリンの映画には混雑した市街電車にまつわるものがある。ひとりの男が後ろのドアから入り込むと、前のドアからひとりはじき出される。パットはその後の日々で、オーソン・ウェルズについて考えるたびに、似たようなイメージが頭に浮かんだ。ウェルズが入って来るとパットがはじき出される。スタジオでパットが締め出されたことはこれまでなかったのに、ウェルズが別のスタジオで働いていても、ウェルズの大きな身体がどこからともなくでしゃばってきて、パットを門からはじき出すという具合だ。

「さて、どこに行こうか」パットは考えた。他のスタジオでも働いていたことはあるが、専属というわけではなかった。このスタジオにいて、自分を失業者だなんて感じたことはない。最近の非常時でも、『女神ミス・カーステアズ』の一場面で使用された冷たいロブスターの半身を貰いもした。ときには舞台装置の中で寝泊りもした。去年の冬は、衣装部からチェスターフィールド・コートを借り、かけて寝たこともあった。自分のこうした恩恵をオーソン・ウェルズが奪い取る権利はない。ニューヨークのセレブ気取りの連中のお仲間でいればいいんだ。

三日目になるとパットは気がめいり、頭がおかしくなりそうだった。ジャック・バーナーズに矢継ぎ早に手紙を送り、ルーイに取り次ぎを頼みさえしたが、届いたのは「ジャックは街を出ていきました」という返事だけだった。友人も無きに等しい。ひとり寂しい気持ちを抱え、自分をじろじろ見る子供の一団に混じって、パットは自動車用の入口に立った。とうとう一巻の終わりだと感じながら。

一台の大きなリムジンが出て来た。パットが後部座席を見ると、太った古代ローマ人風の顔をしたハロルド・マーカスが乗っていた。車は子供たちの方へ進み、ひとりの子が車の前に飛び出すと速度を落とした。マーカスが伝声管《チューブ》に向かってなにか言うと、車は停まった。御大は目をぱちくりさせながら窓から顔を出した。

「ここには警備員はいないのか?」マーカスはパットに尋ねた。

「おりません、マーカスさん」パットは即座に応えた。「いるべきですが。わたしはパット・ホビーです、脚本家の。街まで乗せていただけませんか?」

パットがそんなことをしたのは初めてだった。思い詰めた末の行動だった。しかしパットにはどうしても必要なことだった。

マーカスはパットをしげしげと見つめた。

「ああ、君か。おぼえているよ」マーカスは言った。「乗りたまえ」

ひょっとしたらマーカスはパットに、運転手と一緒に前に乗るよう言ったのかもしれない。むげに言いつけを断れないパットは、小さな補助椅子を開いて坐った。マーカス氏は映画業界の中でも指折りの権力者だったが、もう制作に専念することはなかった。今ではほとんどの時間を急行列車に揺られて大陸横断して過ごし、何度も離婚する女よろしく、人と組んでは事をなし、事を終えてはまた新たに人と組んだ。

「いつかあの子供たちは怪我をしてしまうぞ」

「まったくその通りですね、マーカスさん」パットは心から同意した。「マーカスさん――」

「あそこには警備員を置くべきだ」

「ええ、その通りです、マーカスさん。マーカスさん――」

「ふん！」マーカスは言った。「君はどこで降ろして欲しいのかね？」

パットはギヤを入れ替えて話を急ぐことにした。

「マーカスさん、ぼくがあなたの広報担当だったとき――」

「わかっておる」マーカスは言った。「君は週給を一〇ドル上げてくれと言っていたな」

「すごい記憶力ですね！」パットは嬉しくなって声を張り上げた。「すごい記憶力！　だけどマーカスさん、もう今はなにも欲しくないんです」

「それは奇跡だな」

「ぼくには、ほんの控えめな要求しかありません。引退するには十分蓄えましたから」

パットは垂れ下がったブランケットの下から、靴を少し前につきだした。チェスターフィールド・コートがほかの部分をうまく隠している。

「わたしもそうしたいところだ」マーカスはものうげに言った。「農場をひとつ、鶏付きで。九ホールの小さなゴルフコースもあればいい。株式相場表示機《ストック・ティッカー》さえいらない」

「引退したいのですが、少し話が違うのです」パットは正直に言った。「映画業界はぼくのすべてでした。もっともっと成長していくのを眺めていたいのです」

マーカスは唸るように言った。

「成長して爆発するまでか。フォックス[*3]を見てみろ！　哀れで泣けてくるよ」彼は自分の目を指差して言った。「ほら、涙が！」

パットは心底同情しているようにうなずいた。

「ぼくが望むのはただひとつです」長い付き合いのある相手なので、パットは相手に合わせて片言じみた言い方で話した。「わたし、いつでも好きなとき、スタジオに入れます、です。無料です。ただそこにいる、だけで。誰にも迷惑はかけません、です。もし若い連中が、アドバイスを望めば、無料で、ただ少し、手助けするだけ、です」

「バーナーズに相談したまえ」マーカスが言った。

「彼はあなたに相談しろって」

「やはり望んでいるものがあるじゃないか」マーカスは苦笑した。「ま、いいだろう。わたしとしては構わない。ところでどこで降りたいんだ？」

「入構証を書いていただけませんか？」パットは嘆願した。「ほんの一言、名刺に書いていただければ」

「おぼえておこう」マーカスは言った。「今は他に考えることがあるんでね。これから昼食会に行くのだ」マーカスは意味ありげにため息をついた。「今ハリウッドにいる、新顔のオーソン・ウェルズに会えと言われてるんだ」

パットの心臓がキュッと縮まった。またあいつか。あの名前がパットの頭上に黒雲のように、情け容赦なく不吉に広がった。

「マーカスさん」パットは本心を口にしたので声が震えた。「ここ何年もの間にハリウッドにやってきた中でも、オーソン・ウェルズが最大級の脅威だと言われても驚きはしません。一本の映画で一五万ドルも稼ぐんですから。それにウェルズはあまりに過激ですから、あなたが一九二八年にサイレント映画を発声映画《トーキー》に切り替えたように、機器をすべて新しくして、また一からやり直すなんてことになったとしても驚きませんよ」

「やれやれ」マーカスは唸った。

「わたしが」パットは言った。「望んでいるのはただ入構証だけです。お金もいりません。波風ひとつ立てません」

マーカスは名刺入れに手を伸ばした。

III

「芸能人」という名で括られる者たちにとって、スタジオの雰囲気は常に爽快というわけではない。誰もが高邁《こうまい》な理想と深刻な不安の間を激しく揺れ動いている。物事を決められる立場にある少数の人々は自分の仕事に満足し、自分が報酬相応の人間であると確信している。残る人々は、自分の力量不足がいつ露呈してしまわないかと、もやもやした疑念の中で生きているのだ。

不思議なことにパットの場合は、まさに名匠のごとき心理状態にあった。給料をもらえなくなっても、パットはたいてい不安に駆られることなどなかった。しかし、そんな玉にも大きな瑕ができた——人生で初めて、自分が何者なのかわからなくなり始めたのだ。自分でもよくわからぬ理由のせいで。いや、翻ってみると、自分の会話が原因だったのかもしれないが、多くの人がパットのことを「オーソン」と呼び始めたのである。

自分という人間がわからなくなるのは、さしあたり大したことではない。しかし、自分を見失ったすえに自分の敵になってしまうこと、少なくとも自分たちに不運をもたらす当人だと見なされること——これはつらい。パットはオーソンではない。似ているところなどほとんどないし、こじつけに決まっている。本人もそれは承知していた。結局どうなったかといえば、パットはちょっとした変わり者とされた次第だ。

「パット」床屋のジョーが言った。「今日ここでオーソンが顎鬚を剃ってくれって言ったんだ」

「ヒゲに火でもつけてくれたんだろうな」パットが言った。

「そうしたさ」ジョーは熱いタオルを手にしながら、順番待ちしている客たちにウインクした。「やつがヒゲをこてで焼いてくれって言ったから、おれは全部なくしてやったんだ。だから今、やつの顔はあんたみたいにツルツルだ。実際のところ、あんたとちょっと似ているな」

その朝、こういった冗談に至るところで出会うので、それを避けるために通りの向かいにあるマリオのバーでだらだら時間をつぶしていた。パットはバーにいながら、飲んでいるわけではなかった。なぜなら三〇セントしか持ち金がなかったからだ。時折、尻ポケットから半パイントの瓶を取り出して飲んでは景気づけていた。パットには自分を鼓舞するものが必要だった。すぐにでも誰かに無心しなければならなかったし、いかにも切羽詰まった感じは出さない方がカネは借りやすいことを、パットは知っていたからだ。

パットのカモ、ジェフ・ボルディーニはとても他人の話を聞くような気分ではなかった。ジェフもアーティストで、しかも成功しているアーティストなのだが、さる大物女優がジェフに作ってもらったカツラに腹を立て、文句を言ったのだ。ジェフがことの次第を長々と説明した。それが終わると、パットは自分の願いを切り出した。

「嫌だね」ジェフは言った。「まったく、あんたは先月借りた分も返してないだろ」

「でも今は仕事が決まったんだ」パットは嘘をついた。「ただ今をちょっと乗り切るためのものなんだよ。明日から仕事を始めるから」

「会社がオーソン・ウェルズに仕事を頼まなけりゃ、の話だろ」ジェフはおどけて言った。

パットは内心の怒りを表すようにすっと目を細めたが、金を借りている者としてどうにかお愛想笑いをした。

「ちょっと待て」ジェフは言った。「あんたがオーソン・ウェルズに似ているとおれが思ってること、知ってるだろ?」

「ああ」

「本当さ。おれはあんたを、やつとそっくりにできる。顎髭を付ければ瓜二つだ」

「五万ドルもらったって、やつと瓜二つにはなりたくないね」

小首をかしげながらジェフはパットを見つめた。

「いけるな」ジェフは言った。「椅子に腰掛けて、ちょっと見せてくれよ」

「ごめんだね」

「いいじゃないか。ちょっと試してみたいんだ。どうせなにもすることないだろ。明日まで仕事ないんだろうから」

「顎髭なんて欲しくないよ」

「すぐはずせるから」

「嫌だね」

「君はカネを払わなくていいんだから。実際のところおれの方が払うんだぜ。もしヒゲを付けさせてくれたら、一〇ドル貸してやってもいい」

三〇分後、ジェフはできあがった作品を見つめた。

「完璧だ」ジェフは言った。「顎髭だけじゃない。目も、なにもかも」

「よし、じゃあ取ってくれ」パットはむっつりとして言った。

「急ぐことはない。なかなかのヒゲじゃないか。芸術ものだぞ。写真におさめておくべきだな。明日から働きだすなんて残念だ。サム・ジョーンズのセットでヒゲづら男たちを十人余り使うんだが、ひとりがホモ狩りに遭って刑務所送りになったんだ。そのヒゲをつけていれば仕事にありつけるぞ」

パットが「仕事」という言葉を聞いたのは数週間ぶりで、パット自身どうやって食べ、生き延びていけばいいかわからなかった。

「どうかな？　ちょっとシャレで君を乗せて、その辺まで車を運転させてくれ」ジェフは頼んだ。

「このヒゲが偽物だって、サムが見破れるかどうか見てみたいんだ」

「ぼくは脚本家だ。大根役者じゃない」

「いいじゃないか！　そのヒゲ面男があんただなんて、誰にもわからないよ。あと一〇ドル追加するからさ」

二人がメーキャップ部を出ようとしたとき、ジェフは後ろでなにやらゴソゴソやっていた。ボール紙の切れ端に、クレヨンで「オーソン・ウェルズ」と大きなブロック体で書いていたのだ。外に出るとパットに気づかれないように、ジェフはそれを車のフロントガラスに貼り付けた。

ジェフは裏のスタジオに直接戻ることはしなかった。かわりに主要スタジオに通じる車道をゆっくりと走った。本部ビルの前で、ジェフはエンジンのかかりが悪いとの口実で車を停めた。するとたちまち野次馬が集まってきた。しかしひとつの場所に長くとどまることはジェフの計画には含まれていなかったので、ジェフは車に乗り込み、食堂周辺をぐるぐると周り始めた。

「どこへ行こうっていうんだ？」パットは尋ねた。

パットは既に、ヒゲをいらいらしながら引き剝がそうとしていたが、驚いたことにヒゲは取れなかった。

パットはジェフに文句を言った。

「そりゃ、そうさ」ジェフは説明した。「長持ちするように作ってあるんだから。水に浸さないと取れないさ」

車は食堂の入口で少しだけ停車した。パットは人々がうつろな目つきでこっちを見つめていることに気づき、後部座席から同じくうつろな目つきで見つめ返した。

「このスタジオでヒゲを生やしてるのは、ぼくだけだと君は思うだろうな」パットはものうげに言った。

「オーソン・ウェルズの気持ちが理解できるんじゃないか」

「あんなやつ糞くらえだ」

こんな会話が車の外にいる人々に聞こえたら、連中は困惑しただろう。彼らにとってパットはオーソン・ウェルズ本人にほかならなかったのだから。

ジェフは車をゆっくり走らせて行った。車の前を小さな集団が歩いている――そのひとりが振り返って車を見、ほかの者たちにも車を見るよう促した。そのとき、なかでも最年長の者が両腕を上げて身を守るような仕草をし、車が通り過ぎようというとき、歩道に前のめりに倒れた。

「驚いたな、あれ見たか?」ジェフが大声をあげた。「マーカスさんだぞ」

ジェフは車を停めた。すると興奮した男が走ってきて、窓から顔を入れてこう言った。

「ウェルズさん、うちのマーカスが心臓発作を起こしました。救急室までこの車を使わせていただけませんか?」

パットはまじまじと見た。そして素早く反対側のドアを開けると、車から飛び出した。顎髭もよどみない逃走を阻みはしなかった。入口の警備員も変装には気づかず、声をかけようとしたが、パットはキック、パス、ランと三拍子そろったアメフトのバックスの選手さながら楽々と警備員を振り切り、マリオのバーに達するまで一度も止まることなく走った。

パットはほっとして、カウンターに立っていた三人のヒゲ面のエキストラに紛れ込んだ。そうして、苦労して手に入れた一〇ドル札を震える手でポケットから取り出した。

「連中に一杯飲ましてやれ」パットはしわがれ声を上げた。「ヒゲ面《づら》には、全員おれのおごりだ」

訳註

＊1　オーソン・ウェルズ（Orson Wells）。実在したOrson Welles（1915-85）と日本語表記では同名となるが、ここではそのパロディ化された人物か？　一九四一年、『市民ケーン』で大ヒットして一躍有名になった映画監督。

＊2　ニューヨークのロウアー・マンハッタンを東西に走り、移民や労働者が多く住む。

＊3　ウィリアム・フォックス（1879-1952）のこと。一九一五年にフォックスフィルム社を創設したが、一九三六年破産宣告を受けた。

（今村楯夫 訳）

パット・ホビーの秘密

I

ハリウッドにおける難儀のほどは、この土地特有のもので、しかも常に深刻だ。抜き差しならない問題に悩まされていない重役はほとんどいない。そうして重役のために、民主的な形で誰もがその問題に関わらされることになるだろう。それも無報酬で。健康に関することであれ、制作に関することであれ、当の問題には重役はうんうんうなりながら果敢に週給千ドルから五千ドルで取り組む。映画はこうして作られる。

「でもこの件にはがっかりだな」バニゾンが言った。「——だって、どうして砲弾が、クローデット・コルベールか、ベティ・フィールド[原註1]か、あるいは誰であれ我々が起用すると決めた人間のトランクの中にあったんだ？　観客の納得できるような説明がいるだろう」

バニゾンは脚本編集係ルーイのオフィスにいた。キャリアだけは積んだ四十九歳のずっこけ脚本家パット・ホビーも聴き手だった。バニゾンはどちらの者にも妙案など期待していなかったが、ここ一週間この問題について声に出して自らに語り続けてきたので、話を止めようがなかった。

「作者は誰なんですか?」ルーイが尋ねた。

「R・パーク・ウォルだ」バニゾンが憤慨したように言った。「当初は、書き出しの部分は他の脚本家から買う予定だったんだが、その壮大な構想も単なる思い付きに過ぎなかった。それで劇作家のR・パーク・ウォルに助けを求めたんだ。何回か会って、物語を発展させた。それで結末が見えてきたとき、やつの代理人《エージェント》が口を挟み、契約を結ばない限りウォルとは話はさせないって言い出した。週三千ドル、八週間分を払えときた。こちらが必要なのは残りの一日だけなのに!」

その額を聞いてパットの老けた目がきらりと光った。十年前にはパットもそれくらいの額をもらい、いっときの喜ばしげな暮らしをしていた。しかしいまや週給二五〇ドルで数週間暮らせれば嬉しいありさまだ。一度は燃え上がり、そして燃え尽きてしまったパットの才覚は息を吹き返せずにいた。

「最悪なのは、ウォルが結末をわたしに話したことなんだ」とプロデューサーが言葉を続けた。

「じゃあ、なにを待ってるんです?」パットは尋ねた。「一セントも払う必要ないじゃないですか」

「その結末を忘れちまったんだ!」バニゾンは呻いた。「わたしのオフィスの電話が二本同時に鳴ったんだ。一本は撮影中の監督からだった。監督と話している間にウォルがその場を外さなければならなくなった。今はその結末も思い出せないし、ウォルとも話せていない」

あまのじゃくながら、パットは脚本家ではなくプロデューサーの方に正義を認めた。バニゾンはもう少しでウォルに一杯食わせてやれたのに、ちょっとした不運でくじかれたのだ。そしていまや劇作家の方は、傲慢できざな東部野郎と組んで二万四千ドルもふっかけてきたのだ。ヨーロッパ市場が不調なせいもあるだの、戦争が起きたからなどと言って。

「やつは今、どんちゃん騒ぎをやっている」バニゾンは言った。「なぜ知っているかって、ある男にやつの様子を探らせているからだ。これじゃ気が狂いそうだ。物語は全部知ってるのに、肝心なオチだけがわからない。どう対応したらいいんだ？」

「酒に酔えば、ぽろっと吐くんじゃないですか？」ルーイが現実的な提案をした。

「わたしには吐かないよ」バニゾンが言った。「それも考えたんだが、わたしの面は割れている」もはや打つ手なし。バニゾンは第三レースと第七レースに賭ける馬を決め、出かける支度を始めた。

「妙案があります」パットは言った。

血走ったしょぼしょぼの目をバニゾンが疑わしそうに見た。

「今は聞いてる時間がない」バニゾンは言った。

「なにも売りつけたりしませんよ」パットは安心させるように言った。「パラマウント社と契約が決まりかかってるんですが、そのR・パーク・ウォルって男とわたしが一度仕事をすれば、あなたが知りたがっている情報を聞き出せるかもしれません」

パットとバニゾンは一緒にオフィスを出て、スタジオをゆっくり横切った。一時間後、五〇ドルの前金でパットは雇われた。なぜ本物の砲弾がクローデット・コルベールかベティ・フィールドか、我々の起用すると決めた人物のトランクの中にあるのかを探るために。

II

シティ・オブ・エンゼルス〔ロサンゼルスのこと〕をＲ・パーク・ウォルが動きまわっていたが、そんな動きは一九二〇年代にはとくに注意を引かなかっただろう。が、この恐るべき四〇年代では教会で大笑いする者のような存在だった。ウォルの居場所を見つけるのは簡単だった。ウォルは二つのホテルから滞在の申し出を受けたが、本人は手近に寝泊まりできるなじみの場所をすでに決めていた。少数ながら用心深いネズミやイタチ野郎どもが、旅人のウォルの取り巻きとなって心を支えていた。その旅先でパットは夜中の二時に、コンクス・オールドファッションド・バーでウォルに追いついた。

コンクス・バーは店名を裏切るほど威張り腐ったバーで、タバコ売りの女どもや、ターザン・ホワイト[*1]を相手に一時間もちこたえたスミスという名の用心棒を売りにしていた。ミスター・スミスは、店を出入りする客の股間に一発かますことで自分の存在を訴えるという気性の激しい男で、パットとの初めての出会いでもそうだった。激痛から息を吹き返したパットは、テーブルを囲んで坐るさまざまな客たちの中にＲ・パーク・ウォルを見つけ、いかにも驚いたような振りをして近づいて行った。

「やあ、色男」パットはウォルに言った。「おぼえてるか？　パット・ホビーだ」

Ｒ・パーク・ウォルはどうにかパットに焦点を合わせ、小首を傾げ、さらにもう一方に傾げたが、まるでコブラが素早く獲物に飛びかかるようにさっと顔を上げると、ぐいと顔を前に突き出した。明らかに目は相手を捉えたようだ。なぜならこう彼は言ったからだ。

「パット・ホビーか！　まあ坐れよ。なにを飲む？　みんな、パット・ホビーだ。ハリウッドで最も優秀な悪辣脚本家だ。パット、元気か？」

獲物を狙う十数もの猜疑心に満ちた視線を浴びながら、パットは席についた。パットはこの劇作家を連れ戻しに来た昔なじみの友人なのか？

パットはこの状況を観察し、機会を待った。三〇分後にパットはウォルと二人きりでトイレにいた。

「聞けよ、パーク。バニゾンが君を狙ってるんだ」パットは言った。「どうしてそんなことしてるのかはわからないが。スタジオのルーイがこっそり教えてくれた」

「なぜだかわからないって？」パークは大きな声を出した。「理由ならわかってる。バニゾンが欲しいものをおれが持ってるからだ。だからさ！」

「バニゾンからカネでも借りてるのか？」

「カネを借りてるかって？　いや、向こうこそ、こっちに借りがあるのさ。三回も骨の折れる長い会議をした分が残ってるんだ――あいつのために一本分の映画のあらすじを説明してやったんだ」ウォルはおぼつかない指先で額の数箇所をトントン叩いた。

「向こうが欲しがってるものは、ここに入ってる」

どんちゃん騒ぎのテーブルで一時間が過ぎた。パットは待った。そして酔っ払い特有のゆっくりした周期で、ウォルの頭にこの話題が繰り返し甦ってきた。

「面白いことにだな、おれはあいつに、トランクに砲弾を入れたのが誰で、なぜそんなことをしたのかを話したんだ。それをあの尊師殿は忘れちまったんだな」

パットはひらめいた。

「だが秘書はおぼえていた」

「そうなのか?」ウォルは面喰らった。「秘書か——秘書のことはおぼえてないな」

「秘書が入ってきたんだよ」パットは不安になりながらも思い切って言った。

「それじゃあ、向こうはおれにその分支払わなきゃいけないな。さもなきゃ訴えてやる」

「バニゾンは、もっと良いアイデイアを思いついたと言っていた」

「まさかね。おれのアイディアはすごいんだ、聞けよ」

ウォルは二分間ほど話した。

「気に入ったか?」ウォルは尋ねた。ウォルは絶讃を期待してパットを見たのだが、パットの目の中に予想外のなにかを見たに違いない。「卑劣な手を使いやがって」ウォルは声をあげた。「バニゾンと話したんだな。それでやつがお前をよこしたんだろ」

パットは立ち上がって脱兎のごとくドアに向かった。もしドアマンのスミスの邪魔が入らなかったら、パットはウォルに追いつかれずに通りに出られただろう。

「どこへ行くんだ？」スミスはパットの襟をつかんで尋ねた。

「そいつを捕まえてくれ！」ウォルが近づきながら叫んだ。ウォルはパットに一発お見舞いしようとしたのだが、外れてミスター・スミスの口元に命中した。

　ミスター・スミスが屈強な男というだけでなく、気性の激しい男であることは既に触れた。スミスは床にパットを落とすと、R・パーク・ウォルの股と肩をつかむや高々と持ち上げ、怪力でもってウォルを床に叩きつけた。三分後、ウォルは死んだ。

III

　アーバックル裁判[原註2]のような大きな醜聞は別として、会社側は保身に走る。そしてパットも非正規ながら会社の一員だった。翌朝、パットは保釈金なしで留置場から出された。重要証人として必要とされたのだった。どちらかと言えば、知名度はパットに有利に働いた。この年初めて、パットの名前が業界誌に載ったのだ。それだけでなく、パットはクローデット・コルベール（あるいはベティ・フィールド）のトランクに、なぜ砲弾が入っているのかを知る唯一の人物になったのだ。

「いつ会いに来られるんだ？」バニゾンは言った。

「明日の審問のあとですね」パットは言った。楽しんでいた。「ちょっと頭がくらくらしてます。

例の騒ぎで耳が痛くなったんで」

こんな訴えをするのも勢いがあることの表れだった。旬にある者のみが自らの健康を話題にすることができ、しかも相手に耳を傾けてもらえるのだ。

「ウォルは本当に、君に話したんだろうな?」バニゾンが尋ねた。

「話しました」パットは言った。「五〇ドル以上の価値があります。ぼくは新しい代理人《エージェント》を雇って、あなたのオフィスに行かせます」

「もっといい案がある」バニゾンは急いで言った。「君を正規採用としよう。君の通常給与で四週間だ」

「通常給与っていくらですか?」パットはものうげに尋ねた。「今までのぼくの場合、ゼロから四千ドルの間ですよ」そしてパットは意味ありげに付け加えた。「シェイクスピアも言ってるじゃないですか。〈金で買えない人間はいない〉[*2]って」

R・パーク・ウォルのお供のネズミたちは、ささやかな戦利品を手にして手近かな巣の中へと消えて行き、被告のミスター・スミスと証人のパット、そして怯えているタバコ売りの女の子二人があとに残った。ミスター・スミスの言い分は、自分は襲われた方だということだった。審問ではタバコ売りの女のひとりが弁護にまわり、もうひとりが過剰な暴力を非難した。パット・ホビーの順番は次だった。パットは名前が呼ばれる前に歩き出した。そのとき後ろから声がかかった。

「夫に不利な発言をしたら、あんたの舌を根っこから引き抜いてやるからね」

丈がたっぷり一八〇センチ強、横幅もある巨大な恐竜のような女が、パットの席のほうへ身を乗り出して言った。

「パット・ホビー、どうぞ前に進み出てください……さあ、ホビーさん、なにがあったか正確に話してください」

パットはミスター・スミスの敵意に燃えたギラギラした視線と、用心棒の妻の視線が、後頭部を突き抜けて舌に注がれているような感じをおぼえた。パットは当然のことながらすっかり困惑した。

「よくわかりません」パットは言った。そしていきなりひらめいた。「わかってることは、すべてが真っ白になったということです」

「なんだって？」

「それがそうなんです。白を見たんです。赤や黒を見る人がいるように、わたしは白を見ました」

判事たちは少し言葉を交わしあった。

「それは、あなたがレストランに入ったときから起きた出来事ですか？　その前から白く見えていたのですか？」

「ええと……」パットは時間を稼ごうとして言った。「こんな感じでした。わたしが入ってきて席につくと、真っ黒になり始めたんです」

「白ですよね」

「黒と白です」

あちこちでクスクスと笑いが起きた。

「証人は退席してください。被告は再拘留します」

大きな賭けには、ちょっとした屈辱も耐え忍ばねばならない。パットは巨大な山のような女《アマゾネス》に夢の中でひと晩中追いかけられたので、翌朝、バニゾンのオフィスを訪れる前に強い酒が必要だった。パットは代理人《エージェント》と一緒だった。パットの仕事を引き受け、その後、絶縁したことのないエージェントはハリウッドではもうほとんどいない。彼はそんな数少ないひとりだった。

「すべてひっくるめて五〇〇ドル」バニゾンが提案した。「あるいは別の映画に関わって四週間、週二五〇ドルでどうだ」

「どれだけこの情報が欲しいんですか?」エージェントが尋ねた。「わたしの依頼人は、このネタは三千ドルの価値はあると考えているようです」

「おれのカネからか?」バニゾンが叫んだ。「やつのアイディアでさえないのに。ウォルは死んだんだから、このネタは公の遺物だろう」

「そうではありません」エージェントが言った。「あなたが考えるように、アイディア自体は宙に漂っているようなものだと思います。ゆえに、そのとき手に入れた人物に属するのです。風船のようなものです」

「で、いくらだ?」バニゾンはびくびくして尋ねた。「パットがアイディアを手に入れたってことはどうしてわかるんだ?」

エージェントはパットの方を向いた。

「彼に伝えますかね？　千ドルで」

少し間を措いて、パットはうなずいた。なにかがパットを煩わせていた。

「よかろう」バニゾンは言った。「ストレスで気が狂いそうだよ。千ドルか」

沈黙があった。

「話してしまいなさい、パット」エージェントが言った。

パットはまだ、なにも言わない。二人は待った。ついにパットが話し始めたとき、その声は遠くの方から聞こえてくるようだった。

「すべてが白かった」パットはあえぎながら言った。

「なんだって？」

「どうしようもできないんだ。すべてが白くなったんだ。今でも見える——白だ。怪しげな酒場に入ったのはおぼえてるが、そのあとはすべて真っ白になった」

しばらく、二人はパットが時間稼ぎをしているんだと思っていた。けれどエージェントは気づいた、パットが本当に精神的空白に陥っていると。R・パーク・ウォルの秘密はこれで永遠に守られた。

千ドルがパットの手からすり抜けてしまったことに気づいたときは時すでに遅し、パットは必死になってそれを取り戻そうとした。

「おぼえてます！　おぼえてますよ！　あれはナチスの独裁者によって入れられたんです」

「もしかしたら、女が自分でトランクに入れたのかもしれないな」バニゾンは皮肉っぽく言った。
「ブレスレットにしようとして」
何年もの間、バニゾンはこの解決しがたい問題に幾分悩まされ続けるだろう。そしてパットを睨みつけるたびに願うだろう。脚本家たちをひとまとめに解雇できたらいいのに、アイディアが金のかからない空中から降ってきさえすればなあ、と!

原註1　クローデット・コルベール（1903-96）やベティ・フィールド（1913-73）はともに当時、ハリウッドを風靡した映画俳優。
原註2　ロスコー・〝ファッティ〟・アーバックル（1887-1933）映画俳優。若い女優を強姦および殺害の罪で告訴されたが、一九二一年に無罪で釈放された。

訳註
＊1　ターザン・ホワイト（1915-96）一九二九年に全米高校アメフトの選手として活躍し、コロンビア大学で数学を専攻。博士号を取得後、プロレスラーとしてヘビー級で二度チャンピオンとなった。
＊2　正しくはイギリスの首相サー・ロバート・ウォルポール（1676-1745）の言葉。

（今村楯夫訳）

父と呼ばれたパット・ホビー

I

　本人の意志に関係なく、ほとんどの脚本家はいかにも脚本家らしく見えるものだ。そのわけを言い当てるのはむずかしい。というのも脚本家はウォール街の証券マン、牧畜王、イギリス人探検家と誰でも好き勝手な人物を作り上げるが、いずれも結局は本人は脚本家のように見えてしまうからだ。マンガで、いかにも「一般人」とか「悪徳商人」だとわかってしまうのと同じだ。

　パット・ホビーは例外だった。とても脚本家には見えなかった。業界の片隅にでも席をおいていれば、ようやく芸能関係者だとわかってもらえるぐらいだろう。しかしそこでも、落ちぶれたエキストラに見え、帰郷を拒む父親といったたぐいの端役しかもらえない俳優というのが、最初の印象だろう。ところがパットは脚本家だった。二〇本を優に越える映画のシナリオに携わってきたのだ。ほとんどが一九二九年以前の作品ということは認めざるを得ないが。

　脚本家だって？　パットはスタジオの脚本家棟内に机を与えられ、鉛筆、紙、秘書、ペーパー・クリップ、社内通信用のメモ帳もある。そして深々とした椅子に坐り、朝刊の業界紙『レポーター』を購読している。目はそれほど血走っていない。

「仕事に取り掛からないとな」とパットは、一一時にミス・ローデンブッシュに言った。一二時になると再び言った。「そろそろ仕事に取り掛からないとな」

一時一五分前、パットは空腹を感じ始めた――この時点までのすべての動き、というか、一刻一刻は脚本家の伝統に沿ったものだ。誰ひとり、わずかでも苛立たせたり、悩ませたり、日常の大半を占める空虚な見果てぬ夢想の邪魔だてをすることもなかった。

じっと自分の方に目を向けていた秘書に、パットがちょっとした小言を言おうとしたとき、うれしいことに邪魔が入った。スタジオの案内係《ガイド》がドアをノックし、上司のジャック・バーナーズの伝言を持ってきたのだ。

パットへ

少し時間をとって、客にスタジオを見せてあげてくれ。

ジャック

「なんてこった!」パットは叫んだ。「あれやこれや、やらなきゃいけないのに、スタジオの案内役をしろとは。どんな連中なんだい?」パットがガイドに尋ねた。

「わかりません。ひとりは肌が黒いようですけど。パラマウント社が『ベンガルの槍騎兵』[*1]に雇ったエキストラのようにも見えます。英語が話せません。もうひとりは――」

パットは自分の目で確かめようとコートを着始めていた。

「午後も、わたしはいた方がいいですか?」ミス・ローデンブッシュが尋ねた。

パットはカッと頭に血が上ったような目で睨み返し、脚本家棟の正面から出ていった。

来客はそこにいた。いかにも情熱的な感じの人物の方は背が高く、身のこなしが優雅で、英国製の高級服に身を包んでいたが、頭にはターバンが載っていた。もうひとりは十五歳くらいの色白の若者だった。やはりターバンを巻き、上品な仕立ての乗馬ズボンにコートを羽織っていた。

二人は畏まってお辞儀をした。

「撮影現場をまわってみたいのだとか」パットは言った。「お宅ら、ジャック・バーナーズのご友人?」

「知り合いです」と若者が言った。「叔父を紹介させていただきます。サー・シングリム・ダック・ラジです」

会社はたぶん、『ベンガルの槍騎兵』のような作品でもでっちあげるつもりなんだろう、とパットは思った。この男はカイバル峠を管轄する悪役でも演じるのだろうか。もしかしたら、制作に自分も加われるかもしれない――週給三五〇ドルかな。けっこうじゃないか。自分はこの種の書き方を知っている。

美しいロングショット。峡谷。部族民が岩の背後から射撃。

ミディアムショット。部族民が銃弾を浴び、高い岸壁から落下(スタントマン採用)。

ミディアムロング・ショット。渓谷。イギリス軍が大砲を移動。

「ハリウッドでの滞在は長くなりそう？」パットはさり気なく聞いた。

「叔父は英語が話せません」若者は控えめな声で答えた。「こちらにはほんの数日の滞在です。あの――ぼくはあなたの見做し息子です」

Ⅱ

「――そしてぼく、ボニータ・グランヴィル[原註1]に是非ともお会いしたいのですが」と若者は続けた。「彼女があなたのスタジオで撮影中だと知りまして」

三人は制作事務所へ向かって歩いていたが、若者が言ったことをパットが把握するまでに少し間があった。

「君がぼくのなんだって？」とパットは尋ねた。

「推定上の息子です」若者は淡々と言った。「法律上は、ラージャ・ダック・ラジ・インドレの息子であり相続人なんです。だけど、ぼくはジョン・ブラウン・ホビーとして生まれました」

「で？」とパットは言った。「続けてくれ！　どういうことなんだ？」

「母はデライア・ブラウンです。あなたは母と一九二六年に結婚しましたね。そして一九二七年、ぼくが生まれて数ヶ月して離婚しました。そのあと母はぼくを連れてインドに行き、そこで現在の法律上の父と結婚したのです」

「ああ」パットは言った。三人は制作事務所に着いた。「ボニータ・グランヴィルに会いたいんだな」

「はい」とジョン・ホビー・インドレは言った。「都合がよろしければ」

パットは壁の撮影スケジュールを見た。

「おそらく、見学に行けるだろう」とパットは重々しく答えた。

三人が第四スタジオに向かい始めると、突然パットが口を開いた。

「どういう意味なんだ、君がおれの見出し息子ってのは。君に会えて嬉しい気もするが、でもなあ、君は本当にデライアが一九二六年に身ごもった子なのか？」

「見做しです」とジョン・インドレは言った。「当時あなたと母は、合法的に婚姻関係にありました」

ジョンは叔父の方を向き、ヒンドゥスターニー語を早口でしゃべった。すぐに叔父は身を乗り出し、パットを冷ややかな詮索するような目で見つめ、なにも言わずに肩をすくめた。その一連の言動にパットは漠然とした不安をおぼえた。

パットが食堂を指し示すと、叔父にホットドッグを買ってあげたいと、ジョンはそこに立ち寄りたがった。サー・シングリムはニューヨークの万国博覧会[*2]を見てきたばかりで、そこでホットドッグに心を奪われてしまったようだ。二人は明日、マドラス行きの船に乗る予定という。

「――なにはともあれ」とジョンは言った。「ボニータ・グランヴィルは見たいですね。お目にかかれるかどうかは構いません。彼女の目からすれば、ぼくなんかひよっこですから。ただ見てみたいんです」

その日は見物客を案内するにはなんとも不都合な日だった。撮影をおこなっている監督のうち、古顔はひとりだけで、その人にパットは歓迎してもらえることを期待した。が、当のスタジオの戸口で、主演俳優がセリフをとちり続け、舞台セットから人払いを命じていると言われた。

パットはがっかりして、客をスタジオの裏に連れ出し、ハリボテの船や、都市や、町の通りや、中世の門の前を歩かせた。若者はその光景にいくらか興味を示したが、サー・シングリムには期待はずれだったようだ。二人にあちこち見せて、すべてがまがいものであることを示すごとに、サー・シングリムの表情は絶望とかすかな侮蔑に変わっていった。

サー・シングリムが興味津々で五番街の宝石店のセットに入って行ったが、中は工事の瓦礫があるだけだった。その様子を見て「彼はなんて言ってる?」とパットは息子に尋ねた。

「あの方はインドで三番目の金持ちなんです」ジョンは言った。「うんざりしているようです。もう二度とアメリカ映画は楽しめないと言っています。インドにある映画会社のひとつを買収し、セットは全部、タージマハルと同じように頑丈に作ろうとも言っています。サー・シングリムは、おそらく女優の外見も作りものなので、だからあなたはぼくたちに会わせてくれないのだろうと考えていますよ」

「インドで三番目の金持ち」という言葉が、パットの頭の中で鐘楼のように響き渡った。パットの好きなものといえば、お金こそまぎれなきものだった——自分の自由を奪うような、こんな惨めで不安定な週給二五〇ドルではない。

「そうだ」とパットは突然の決意とともに言った。「第四スタジオへ行って、ボニータ・グランヴィルをこっそり覗いてみよう」

第四スタジオは二重に鍵がかけられ、終日、立入禁止になっていた——監督が見学者を嫌っており、しかもプロセス・ショットの現場でもあった。「プロセス」とは、あらゆる撮影所が他社の撮影所と競い合っている特殊撮影の一般的な呼び方であり、いつ敵に技術を盗まれるかわからないと、みなぴりぴりしていた。具体的に言うと、プロセスとは映写機で動く背景を透明なスクリーンに映し出すことだ。スクリーンの反対側では、この動く背景に対してある場面が演出され、記録される。スクリーンの一方の側にある映写機と他方の側にあるキャメラが同時に動くので、俳優は四二丁目の人混みで逆立ちすることも可能となるのだ。本物の人混みと本物の俳優——目の肥えていない者は目が欺かれていることがわかっても、どのように撮影されたかはわからなかった。

パットはこの仕組みをジョンに説明しようとしたが、ジョンはぐるぐる巻かれた大量のロープやバケツに身を潜め、ボニータ・グランヴィルをじっと見つめていた。彼らは正面入口ではなく、パットが知っている技術者専用の通用口から入っていた。

パットはこのスタジオ見学にうんざりしたので、パイント瓶を尻ポケットから取り出し、サー・シングリムに差し出したが、断られた。パットはジョンにはまわさなかった。

「成長をさまたげるからね」と、パットは多めのひと口を飲みながら、まじめくさって言った。

「そんなものはいりません」ジョンは胸を張って言った。

ジョンははっとした。シヴァよりも魅力的なアイドルを六メートルほど離れたところに見つけたのだ——背中、横顔、声。そして彼女は立ち去った。

ジョンの顔を見て、パットは心を動かされた。

「もっと近くへ行ってみよう」彼は言った。「あの舞踏室のセットのところへ行けるかもしれない。使われていないし、家具には覆いが掛かっている」

つま先歩きで、パットが先頭、その後ろをサー・シングリム、ジョンが続いた。静かに前進していくと、「照明」と掛け声が聞こえ、パットは立ち止まった。目がくらむような白い閃光が当たり、「静かに！　撮影中だぞ！」という声が響いた途端、パットはしんとした中を走り始めた。他の二人もあとに続いた。

静寂は長くは続かなかった。

「カット！」叫び声が上がった。「なんなんだ、これは！　冗談じゃないぜ！」

監督側から見ると、スクリーン上ではなにかが起こっていたのだ。一瞬、なんなのか説明がつかなかった。三つの巨大な影（そのうちふたつは巨大なインド人のターバンを巻いている）が、ニューイングランドの入江を模したところを飛びまわっていたのだ。三人は特殊撮影《プロセス・ショット》の画面に入り込んでしまっていた。ジョン・インドレ王子はボニータ・グランヴィルを見学しただけでなく、共演してしまったのだ。奇跡的にもジョンの足の影が、若いブロンド頭の上を通り過ぎようとしていた。

Ⅲ

三人はジャック・バーナーズと連絡がつくまで、警備室に坐っていた。ジャックはスタジオの外に出ていたため、言葉を交わす暇があった。おおよそこのおしゃべりは、ジョンに対するサー・シングリムのくだくだしいお説教だった。ジョンは言葉そのものというより口調を和らげて翻訳し、パットに話の中身を伝えた。

「叔父が言うには、叔父の兄があなたになにかしてあげたかったそうです。あなたがもし優れた脚本家なら、自分の伝記を書いてもらうために王国へ招待したいと」

「自分はそんな大それたことなど――」

「叔父の言葉を借りれば、あなたは屈辱的な脚本家だと――ご自分の国で、あのような警備員の犬どもが、叔父に手を出すことを容認しているのだから」

「なにを――たわごとを」パットは不愉快そうにつぶやいた。

「叔父によりますと、いつも母は、あなたが元気で過ごされていることを望んでおりました。でも今となっては母は高貴で神格化されていますから、あなたに二度と会うことはできません。わたしたちはアンバサダー・ホテルの部屋に戻り、瞑想し祈りを捧げた上で、決断した内容をお知らせすると叔父は申しております」

三人が解放され、スタジオの腰巾着どもが恐縮しながら二人の要人を車まで送り届けた時点で、次なる一手は決められているようにパットには思えた。パットは怒っていた。息子にミス・グランヴィルをちらっと見せてやったために仕事を失ってしまったかもしれない——本心からそう思ったわけでもないが。いずれにしても週末には失業するだろうと思っていた。失業は喜ばしいことではなかったが、この午後の出来事で最も鮮明に記憶していたのは、サー・シングリムが「インドで三番目の金持ち」であることだった。そして、ラ・シェネガ[*3]のバーで夕食を摂ったあと、パットはアンバサダー・ホテルへ行き、祈りと瞑想の結果を聞き出すことにした。

　九月の日が暮れて間もない頃だった。パットにとってアンバサダー・ホテルは思い出深い場所だった——ココナットグローブ[*4]の全盛期、監督たちは午後に可愛い女の子を見つけると、夜までにはスター女優に仕立て上げたものだ。ホテル正面で多少の動きがあり、パットはそれをぼんやり眺めた。グロリア・スワンソンやジョーン・クロフォード[原註2]一行でもめったに見られないような量の荷物だった。荷物のあいだにターバンを巻いた二、三人の男をみつけると、パットは歩き出した。彼らからはパットが見えないようだった。

　サー・シングリム・ダック・ラジと甥のジョン王子の二人は、まるで命令されているかのごとく両手に手袋をしたままドアの前に現れた。そこにパットが暗闇からぬっと近づいた。

「姿をくらまそうってのか？　えっ？」とパットは言った。「いいか、インドに戻ったら、連中に言ってやれ、いちアメリカ人でもやる気になれば——」

「あなたに書き置きを残しておきました」叔父の脇からジョン王子が言った。「今日の午後、あなたはとてもよくしてくれましたね、まことに残念でしたが」

「その通りだ」パットは同意した。

「それで我々はあなたのために準備をしているんですよ」ジョンは言った。「祈りを捧げたあと、月々五〇ソヴリン――二五〇ドル――生涯受け取れるようにいたしました」

「そのためには、ぼくはどうすればいいんだ？」とパットは疑わしげに尋ねた。

「万一の場合は撤回することに――」

ジョンはパットの耳に囁いた。パットの目に安堵の色が広がっていった。条件は飲酒やブロンド娘とは関係のないものだったし、自分にはまったく関係のないものだった。

ジョンはリムジンに乗りこんだ。

「さようなら。見做しのお父さん」と、愛情を込めたようにジョンは言った。

パットは立ったまま見送った。

「さようなら、息子よ」と彼は言った。リムジンが視界から消えていくのを立ち尽くしたまま見送った。そしてパットは歩き出した――まるでステラ・ダラス[*5]にでもなったかのような気持ちで。

目には涙が浮かんでいた。

見出し親父か――なんでも構わない。しばらく考え込んだあと、パットは自分に言い聞かせた。

父親でないよりは、この方がましさ。

Ⅳ

次の日の午後遅く、パットは満ち足りた二日酔いとともに目覚めた。なぜ満ち足りているのかよくわからなかったが、若きジョンの声が耳によみがえった。「一ヶ月五〇ソヴリン、条件はひとつ。戦争勃発の際にはこれは撤回され、国の全歳入は大英帝国に帰属すべし」

パットは叫び声を上げ、ドアに突進した。ロサンゼルス・タイムスもエグザミナーもドアの下に入っておらず――トディズ・デイリー・フォームシート紙だけがあった。パットは血眼でオレンジページを探した。競馬のレース予想、過去の成績、無数の馬場に対するご託宣の下にある一インチの記事に、パットの目は釘付けになった。

ロンドン発、九月三日。今朝、チェンバレン首相[*6]が宣戦布告。ドギーの特報「イギリス一着、フランス二着、ロシア三着[*7]」。

原註1　ボニータ・グランヴィル（1923-88）女優。シリーズもので有名。『少女探偵ナンシー』（一九三八）のナンシー役を演じた。

原註2　グロリア・スワンソン（1899-1983）とジョーン・クロフォード（1904-77）ともにハリウッドの有名女優。

訳註

＊1　『ベンガルの槍騎兵』（*The Lives of a Bengal Lancer*　監督ヘンリー・ハサウェイ、一九三五）インド駐屯イギリス騎兵隊のカイバル峠を巡る戦いを描いたフランシス・イエーツ・ブラウンの小説を映画化したもの。

＊2　ニューヨーク万国博覧会は一九三九年に開催。「平和」がテーマだったが、この年、第二次世界大戦が始まる。

＊3　通りの名前。ビバリーヒルズのレストラン街。

＊4　アンバサダー・ホテルのナイトクラブ。アカデミー賞授賞式の式典に使用された。二〇〇五年に取り壊された。

＊5　ステラ・ダラスは「オリーヴ・ヒギンズ・プローティ物語」をもとにした一九三七年の映画のタイトルであり、その主人公の名前。無教養な自分を恥じ、娘の結婚のために身を引く母親。

＊6　ネヴィル・チェンバレン（1869-1940）は一九三七年から一九四〇年にイギリス首相を務めた保守系政治家。

＊7　宣戦布告を競馬の複勝式勝馬投票に擬した記事。イギリスの勝利に対してフランスとロシアが破れることを予測。

（今村楯夫 訳）

スターの邸宅

ハリウッド特有の熱波に見舞われている大通り。その脇に、縞模様の巨大なパラソルの下に男がひとり坐っていた。男の名はガス・ヴェンスキー（あのランナー[原註1]とは関係ない）。真紅色のズボン、さくらんぼ色の靴、ヴァイン・ストリート[*1]で手に入れた濃青色のパジャマの上着のような運動着を身につけていた。

ガス・ヴェンスキーは変人ではないし、着ている服も時代や土地柄を考えれば特に異様ではない。ガスはある職業に就いていた。パラソルのそばにこんなのぼりが立っていた。

スターのお宅訪問

景気はかんばしくなかった。そうでなければ、シューシュー湯気を上げている車が冷めるのを不安そうに見つめながら突っ立っている貧乏そうな男を、ガスが呼び止めることはなかっただろう。

「やあ、スターのお宅訪問をしたくないかい?」さしたる期待もせずに声を掛けた。

男は血走った目を車からそらし、ガスを蔑むように見つめた。

「おれは映画界に関わってるんだ」男は言った。「自分でも出てるよ」

「俳優なのか?」

「いや、脚本家だ」

パット・ホビーは車の方を振り返った。まるでピーナッツ売りの車のようにヒューヒューいってる。パットは本当のことを言った──いや、かつて本当だったことを。以前はパットの名がスクリーンに著作者として数秒間ちらっと流れたものだ。ただ、この五年間は、仕事の依頼は少なくなる一方だった。

ほどなく、ガス・ヴェンスキーは昼食のために店を閉めた。書類や地図をブリーフケースにしまい、それを腕に抱えて歩き去った。ジリジリと日差しが強くなっていくなか、パット・ホビーはパラソルのわずかな日陰に逃げ込み、ヴェンスキー氏が落としていったシミのついたパンフレットをくまなく読んだ。持ち金が一四セントしかないというありさまでなければ、パットは修理工場に電話し救いの手を求めただろうが、いまやじっと待つほかなかった。

しばらくすると、ミズーリ・ナンバーのリムジンがパットのそばに近寄ってきた。お抱え運転手の後部に、白髭の小柄な男性と小犬を抱えた大柄な女性が坐っていた。二人で二、三言葉を交わしたあと、窓から女性の方がおずおずといったふうに身を乗り出し、パットに話しかけた。

「どんなスターのお宅を訪問できるのかしら?」と女性は尋ねた。

事態を把握するまでに一瞬ながら間があった。

「ロバート・テイラー[*2]や、クラーク・ゲーブル[*3]、シャーリー・テンプル[*4]のお宅に行けるか、お聞きしたいのよ」

「許可が取れれば、できると思いますよ」パットは言った。

「もし――」女性は言葉を継いだ。「わたしたちが一番高級なお宅、つまり大物のお宅に行けたら、あなたの通常の額よりも多くお払いしますわ」

パットのもとに光が射してきた。カモがネギを背負って来たのだ。まさにハリウッド・ドリームが目の前にぶら下がっていた――うまい儲け口だ。人は上手く機会をつかめば、ブラウン・ダービー[*5]での食事や、酒と女の子に溺れる一夜、それにおんぼろ車にも新しいタイヤが手に入れられようものだ。パットのもとに天使が舞い降りてきたのだ。

パットは立ち上がり、リムジンの脇に近寄った。

「もちろんです。対応できるでしょう」と応えながら、ふとパットに疑問がよぎった。「前払いをお願いできますか?」

夫妻は視線を交わし合った。

「五ドルなら今、お支払いしますわ」と女性が言った。「クラーク・ゲーブルのようなお宅を訪問できたら、さらにもう五ドル」

かつてなら、こういう類のことは簡単だっただろう。パットが年に十二本なり十五本なりの作品を契約できていた若かりし頃なら、たくさんの人に声を掛けることは可能だった。そして連中はこう言っただろう。「もちろんさ、パット。それで君の助けになるならね」と。しかし今となっては、スタジオ周辺でパットに気づいて話しかけてくれる人間は、片手で数えるほどしかいない――メルヴィン・ダグラス[*6]、ロバート・ヤング[*7]、ロナルド・コールマン[*8]、それにヤング・ダグ[*9]くらいだろう。かつてパットが親しかった人々は退職するか物故してしまった。

それに加え、パットは最近のスターが住んでいる場所をぼんやりとしか知らなかった。けれど、パンフレットに何十人かの名前と住所が印刷されていることに気がついた。しかも、それぞれに鉛筆でチェックが付けられている。

「当然ですが、誰もが在宅とは限らないことをご了承ください」パットは言った。「スタジオで撮影中かもしれませんから」

「わかりますよ」と、女性はパットの車をちらっと見て目を逸らした。

「わたしたちの車で行きましょうか」

「いいですよ」

パットは頭をフル回転させながら、お抱え運転手の隣に乗り込んだ。最もざっくばらんに話ができる相手は俳優のロナルド・コールマンだった。通りいっぺんのあいさつ以上に言葉を交わしたことはなかったが、コールマンを呼び出し、話に興味を持たせるふりはできるかもしれない。

コールマンが不在で、客をだまして家の中をちらっと見せられるとさらに良い。ロバート・ヤングの家や、ヤング・ダグやメルヴィン・ダグラスの家も、同じ方法でいけるかもしれない。その頃には、ご婦人はゲーブルのことを忘れてるだろうし、午後も過ぎていることだろう。

パットはパンフレットでロナルド・コールマンの住所を確認し、お抱え運転手に道筋を伝えた。

「わたしたち、ジョージ・ブレント[*10]と写真を撮ってもらった女性と知り合いなんです」と、車が動き出すとご婦人が、すぐに言った。「ホレース・J・アイヴス・ジュニア夫人という方なの」

「ご近所さんなんですよ」と夫が言った。「その方はカンザス・シティのローズ・ドライヴ三七二番地に住んでいてね。うちは三二七番地なんです」

「ジョージ・ブレントと写真を撮ってもらった方なの。その写真に料金を支払ったのかしらって、わたしたちいつも思っていたのよ。もちろんわたしが、そこまですんなりいけるかどうかはわかりませんわ。家に帰ってから、スターになんと言われるかわかりませんから」

「我々はそこまで、ずうずうしくありませんよ」夫も同意した。

「まず、どこへ行きますか？」と、くつろいだ口ぶりで夫人が尋ねた。

「ぼくはとにかく、訪ねる予定のところがあったんです」パットは言った。「ロナルド・コールマンにちょっと用事がありましてね」

「まあ、わたし、あの人のことも好きなんです。お親しいんですか？」

「ええ、そうですね」とパットは言った。「こういう案内をいつもやっているわけではないんです。今日はただ、友達の代わりにやってるんです。わたしは脚本家なんですよ」

一般の人は映画の脚本家を三人とは知らないだろうと確信していたので、パットは最近ヒットした映画の作者なのだと名乗った。

「大変興味深いですな」と夫が言った。「昔の脚本家は知っているのですがね――アプトン・シンクレアやシンクレア・ルイスを。[原註2] 社会主義者であったとしても、悪い人たちではないですな」

「どうして今は、映画を書いてらっしゃらないの？」とご婦人が尋ねた。

「えっと、ご存知でしょうが、ストライキ中なんですよ」とパットはでっちあげた。「映画脚本家組合《ギルド》というものがありまして、ストライキを起こしたんです」

「まあ」パットの客は、正面座席に坐るスターリンの使者に疑いの眼差しを向けた。

「なんのためにストライキを？」と夫が不安そうに尋ねた。

　政治的な発言が核心に触れ、パットは言い淀んだ。

「まあ、生活環境の改善ですよ」やっとのことで言葉を継いだ。「無償の鉛筆と紙です、わたしにはよくわかりませんが――すべてワグナー法[原註3]に則っているんです」しばらく考えたあとで、「フィンランドを認めよ[*11]」とパットは曖昧な言い方をした。

「脚本家に労働組合があるとは知りませんでした」夫は言った。「では、あなた方がストライキ中ならば、誰が映画のシナリオを書くんですか？」

「プロデューサーの連中ですよ」パットは苦々しく言った。「だから、ひどい代物なんです」

「なるほど、異常とも呼びたくなる事態ですな」

　ロナルド・コールマンの自宅が見えてきたため、パットは心配そうに喉を鳴らした。光り輝く新車のロードスターが、正面玄関前に停まっていた。

「先に見てきます」とパットは言った。「ええ、まあ、家族団欒の中に飛び入りってわけにもいきませんから」

「コールマンには、ご家族がいらっしゃるの？」ご婦人は熱心に尋ねた。

「ええ、人ってのは大概はそんなものでしょう」パットはおおざっぱな言い方をした。「まずは様子を見てきましょう」

停車すると、パットは大きく息を吸い外に出た。そのとき家のドアが開き、ロナルド・コールマンが歩道に駆け足でおりてきた。俳優が彼の方をちらっと見たため、パットは心臓が止まりそうなほど驚いた。

「やあ、パット」とコールマンは言った。パットが自分を訪ねて来たとは、夢にも思ってもいないことは明らかだった。コールマンは車に飛び乗り、エンジン音でパットの返事をかき消しながら走り去った。

「まあ、コールマンは、あなたを『パット』って呼んだわ」女性は感動して言った。

「急いでいたんでしょう」とパットは言った。「ですが、家の中を見学できるかもしれません」

パットは歩道を歩きながら、挨拶の練習をした。パットはすでに友人のコールマン氏と言葉を交わしており、見てまわる許可を受けていたのだ。

しかし家は締め切られており、呼び鈴に誰も応じなかった。メルヴィン・ダグラスを試してみねばなるまい。思い起こしてみるとダグラスの挨拶は、ロナルド・コールマンのよりほんの少し温かかった。いずれにしても客のパットに対する信頼は、いまや揺るぎないものだった。「やあ、パット」は客の耳に確信的に響いたのだ。信任を与えられ、彼らはすでに特権エリート集団になっていた。

「では、クラーク・ゲーブルのお宅に行ってみましょうよ」とご婦人が言った。「キャロル・ロンバード[*12]とゲーブルの髪がどうだったかお話ししてみたいわ」

この不敬行為によってパットは腹痛をおぼえた。一度、人混みの中でクラーク・ゲーブルに会ったことはあるが、ゲーブル氏がパットをおぼえている理由はない。

「まあ、まずはメルヴィン・ダグラスの家に行ってみませんか。そのあとでボブ・ヤング[*13]かヤング・ダグの家に。この三人はみんな途中に住んでいるんですよ。ご存知の通り、ゲーブルとロンバードは、サン・ホアキン・ヴァレー[*14]の外に住んでいるんです」

「まあ」と残念そうにご婦人は言った。「わたし、二人の家に行って、寝室が見てみたかったのよ。それなら、次の選択肢はシャーリー・テンプルね」ご婦人は自分の小さな犬を見た。「ブージーもそうしたいと思ってるわ」

「テンプル家は誘拐を警戒しているようなんです」とパットは言った。

怒ったように夫は名刺を取り出し、パットに手渡した。

ロブディア食品
副社長兼取締役会長
ディアリング・R・ロビンソン

「これでも、わたしがシャーリー・テンプルを誘拐したがっているように思えるかね？」

「テンプル家は、ただ用心しなければならないのですよ」パットは申し訳なさそうに言った。「メルヴィンの家へ行ったあと――」

「だめよ。シャーリーの家へ行くの、今すぐよ」女性は言い張った。「絶対よ！　第一希望を伝えていたでしょう」

パットはためらった。

「まずはドラッグストアに寄って、確認の電話をかけなければなりません」

ドラッグストアでパットは半パイントのジンボトルを例の五ドルで買い、たっぷり二口立ち飲みしたあと、この状況を熟考した。もちろん、パットは即刻、ロビンソン夫妻から逃げ出すこともできた。すでに五ドル分に対してはロナルド・コールマンとの出会いを声に出して演出してみせたのだ。一方で、シャーリー・テンプルの帰宅か出勤に出くわす可能性もあった――それに明日、サンタ・アニタ競馬場での素晴らしい一日を過ごすためには、もう五ドル必要だった。

ジンで火照ったパットは勇気を奮い起こし、リムジンに戻り、お抱え運転手に住所を渡した。しかし、テンプルの家に近づき鉄格子や自動門《エレクトリック・ゲート》が見えてくると、パットは怖気づいた。ガイドには免許は必要なかっただろうか？

「ここじゃない」パットはお抱え運転手に素早く言った。「間違ってしまった。次か、二、三軒先だったようだ」

パットは広々とした芝生に建つ大邸宅を選び、お抱え運転手に車を停めさせると、車を降り、玄関まで歩いて行った。ほんの一瞬たじろいだが、少なくとも、二人を軟化させるための話をでっち上げねばなるまいと思った。例えば、テンプルがおたふく風邪にかかっただとか。そうすれば歩道から、彼女が闘病している部屋を指させるだろう。

呼び鈴には誰も応じなかったが、ドアがほんの少し開いていることに気がついた。パットは慎重にドアを開け、あたかも男爵でも住んでいるかのような人気のないリビングを覗き込んだ。彼は耳をすませた。誰もいないようだ、上の階からは足音も聞こえないし、台所からも話し声は聞こえない。パットはジンをひと口飲んだ。そして、即座にリムジンへ戻って行った。

「テンプルはスタジオにいます」パットは急いで言った。「けれど音を立てずにいるのなら、リビングを見学することはできます」

ロビンソン夫妻とブージーは車を降り、楽しそうにパットについて行った。リビングはシャーリー・テンプルのものだったかもしれないし、他のハリウッド・スターの誰かのものだったかもしれない。パットは片隅に置かれた人形を目にすると、指差した。ロビンソン夫人は人形を拾い上げ、うやうやしく見つめ、くんくんと興味なさげに匂いを嗅いでいるブージーに見せた。

「テンプルのお母様にはお会いできるの？」夫人は尋ねた。

「えっと、お母様は外出中なんです――どなたもご在宅ではないんですよ」とパットは言った

――浅はかにも。

「どなたも。まあ、それならブージーは、テンプルの寝室をほんのちょっと見たがるでしょうよ」

パットが答えを探し出す前に、夫人は階段を上がりきっていた。ロビンソン氏も寄り添ってい

ったため、パットは広間で落ち着きなく待った。誰かがやってきて大騒動になる前に出ていく準備をしながら。

パットはボトルを飲み終えると、ソファのクッションの下にこっそり隠した。そして二階に行くのは魅力があるもののやり過ぎだと思いつつ、客のあとに続いた。階段を上っていると、ロビンソン夫人の声が聞こえた。

「だけど、ここには子供部屋がひとつしかないわね。シャーリーには兄弟がいたと思うのよ」

パットが階段の踊り場についた窓から通りを見下ろすと、大きな車が縁石に向かって来るのがちらりと見えた。その車から、ひとりのハリウッド名士が降りてきた。ロビンソン夫人が求めている人物ではなかったが、名声と権力という点において彼の右に出る者はいなかった。それは、老プロデューサーのマーカス氏であり、二十年前、パットは彼の広報係を務めていた。

この時点で、パットは落ち着きを失っていた。一瞬、ここでなにをしているか四苦八苦しながら説明する姿が浮かんだ。パットは許されないだろう。これまで時折入ってきたスタジオの週給二五〇ドルの仕事もこれで失われ、ほとんど終わりかけていた脚本家としてのキャリアも、ついに終焉を迎えるだろう。パットは猛烈な勢いで階段を駆け下り、キッチンを抜け、裏門から飛び出した。ロビンソン夫妻の運命は本人たちにお任せだ。

隣接する大通りを歩きながら、パットは夫妻に対してかすかにすまないと思った。ロビンソン氏がロブディア食品の会長として名刺を差し出しているのが目に浮かんだ。そしてマーカス氏の懐疑的な態度、警備員の到着、そして夫妻の取り調べの様子も。

おそらく、それ以上のことにはならないだろう——パットが罪をなすりつけたことにロビンソン夫妻が激昂する以外は。どこでパットを車に乗せたか、彼らは警備員に話すだろう。
突然、パットは通りを突進した。ジンの汗が額から溢れ出た。パットは自分の車をガス・ヴェンスキーのパラソルのそばに停めたままだった。犯人の手がかりになってしまうと思い出し、ロナルド・コールマンが彼の苗字を知らないことを願うばかりだった。

原註1　〝あのランナー〟とはジーン・ヴェンズク（1908-92）のこと。米国のオリンピック陸上選手。
原註2　アプトン・シンクレア（1878-1968）とシンクレア・ルイス（1885-1951）ともに米国の著名作家。
原註3　ワグナー法は一九三五年制定の労使法。米国における労働組合の諸種の権利を保護。

訳註
＊1　ハリウッド通りと交差する通りとして象徴的な通り。
＊2　ロバート・テイラー（1911-69）米国俳優。『哀愁』（一九四〇）のヒットにより、ハリウッドに確固たる地位を築いた。
＊3　クラーク・ゲーブル（1901-60）一九三〇年代を代表するビッグスター。『或る夜の出来事』（一九三四）でアカデミー主演男優賞。
＊4　シャーリー・テンプル（1928-2014）六歳で〝天才子役〟と呼ばれ、一九三〇年代から六〇年代

にかけてハリウッドで女優として活躍した。その後は外交官や数社の大企業の重役などを務めた。
＊5　ハリウッドに実在するレストラン。
＊6　メルヴィン・ダグラス（1901-81）米国俳優。『チャンス』（一九六三）でアカデミー助演男優賞。
＊7　ロバート・ヤング（1907-98）米国俳優。『パパは何でも知っている』（一九四九－五四）の父親役で有名。
＊8　ロナルド・コールマン（1891-1958）イギリス生まれ。トーキー黎明期を代表するスターのひとり。『二重生活』（一九四七）でアカデミー主演男優賞。
＊9　ヤング・ダグ　本名Douglas Fairbanks, Jr（1909-2000）米国俳優。一九二五年に本格的にデビューし、以後、舞台にも立つ。
＊10　ジョージ・ブレント（1904-79）アイルランド出身の俳優。一九三〇年代、クラーク・ゲーブルと競演し、映画界で活躍。
＊11　フィンランドがソ連から独立を宣言したのは一九一七年のことであり、パットのここでの発言は見当違い。
＊12　キャロル・ロンバード（1908-42）一九三〇年代から四〇年代にコメディ映画で活躍した女優。一九三九年から四二年までクラーク・ゲーブルと結婚していた。
＊13　ボブ・ヤング　本名Robert Young（1907-98）米国俳優。チャーリー・チャン出演の映画『黒いラクダ』（一九三一）が初公開。
＊14　カリフォルニア州のセントラル・ヴァアレー南部に位置する。

（今村楯夫 訳）

パット・ホビー、本分を尽くす

I

人から巧妙にカネを借りるときには、時と場所を選ばなければならない。例えば、借金する側が酔っていたり、はしかにかかっていたり、目のまわりに派手なあざを作っていたりすれば、カネを借りるのは至難の業だ。期限も言わずにカネを貸してくれと頼むがよかろうが、不運な部類のひとつとして——必要としているときにカネを借りることは極めてむずかしい。

パット・ホビーにわかったことは、撮影中の俳優からカネを借りるのは至難のわざということだった。自分の車を手放さないために、これまでで最高に手強い仕事をさせられたときのことだ。あざといほど打算的な目で見れば、そのおんぼろ車は持ち続ける価値のないように見えた。しかし、このだだっ広いハリウッドの敷地内にあって、脚本家にとって車は必要不可欠な代物だった。

「その金貸し会社ってのは……」とパットが説明を始めようとすると、ジップ・マッカーシーがさえぎった。

「次のショットが出番なんだ。おれにドジを踏ませる気か？」

「たった二〇ドルでいいんだ。寝室でぼけっとしてなくちゃならないとなると、仕事はまわってこない」パットは言い張った。

「そうやって節約したらいいじゃないか、どうせ、もう仕事はこないんだから」

酷ながら指摘は正しかった。ただ仕事があろうがあるまいが、パットは毎日、撮影所かその周辺で過ごすのが好きだった。取り立ててなにすることもなく、痛ましくも、先行き不安な四十九歳になってしまった。

「来週、台本改稿の依頼があるんだ」パットは嘘をついた。

「なにほざいてるんだ！　ヒリアードに見つかる前に、舞台セットから離れたほうがいいぞ」ジップが言った。

パットはそわそわとキャメラのそばにいる連中に目をやった。そして奥の手を使った。

「昔……」パットは言った。「昔、君に子供ができたとき、いくらかあげたよな」

「ああ、そうだったな」ジップはひどく怒った様子で言った。「十六年も前のことだが。それでやつは今どこにいるかな。ああ、そうそう、無免許でどこかのバアさんをひいた罪で、今は刑務所の中だ！」

「そうか、でもぼくは用立ててやったんだ。二〇〇ドル」パットは言った。

「おれがあいつにかけたカネに比べたら、そんなの屁でもない。貸すカネなんかあったら、この齢でスタントマンなんてやるかい？　そもそも仕事なんかしていると思うか？」

暗闇のどこからか、助監督の指示が飛んだ。

「本番！」

パットは早口で言った。

「わかったよ。五ドルでいい」

「だめだ」

「そうか。それなら――」パットの赤く血走った目が険しくなった。「向こうに立って、お前が台詞を言っている間、呪いをかけてやる」

「おいおい、勘弁してくれよ」不安げにジップは言った。

「いいか、五ドルやるよ。向こうのコートの中にあるから取ってくる」

ジップは舞台セットから駆け出した。パッドはほっと深いため息をついた。脚本編集係のルーイなら、ひょっとして、さらに一〇ドル貸してくれるかもしれない。

再び助監督の声がした。

「静かに……撮影用意……照明！」

まぶしい光がギラギラとパットの目を射し、視界を奪った。パットは間違った方向に足を踏み出し、それから後戻りした。ギャングのアジトでのシーンだった。そのシーンには他に六人の俳優がいたが、それぞれがパットの行く先にいるように見えた。

「よし、キャメラを回せ、撮影続行！」

パニックに陥りながらもパットはセットの裾に下がり、うまく身を隠した。俳優たちの出演シーンを撮影している間、ちょっぴり震えながら身をかがめて立っていた。それまでまったく気づかなかったが、それは「トラッキング・ショット」だった。キャメラがレールの上をこちら側に移動してきて、ほとんどパットの真上に来た。

「窓の側にいるお前。おい、お前だよ、ジップ！　手を上げろ」

夢うつつの男のようにパットは手を上げげた。そのとき、自分がまっすぐに巨大な真っ黒いレンズを見ていることに気づいた。その瞬間、イギリス人の主演女優も一緒に映り込まれていた。女優はパットのそばを急いで通り過ぎ、窓から飛び降りた。いつ果てるとも知れない長い数秒が過ぎた。「カット！」パットの耳に聞こえた。

訳もわからずパットは大道具のドアを通り抜け、大急ぎで外に出た。角を曲がったところで太綱につまずき、体勢を立て直し、入口に向かって突進した。背後から誰かが走って来る足音を聞いたので、パットは歩みを早めた。しかし撮影所の門で追いつかれたので、自衛の体勢をとって振り返った。

さっきのイギリス人女優だった。

「急いで！」彼女は叫んだ。「あれでわたしの仕事は完了。イギリスに帰ることになっているのよ」

迎えのリムジンに大急ぎで乗り込みながら、とんでもない一言を投げつけてきた。「一時間後にニューヨーク行きの飛行機に乗らなくちゃならないの」

そんなの知るかと、パットは急いで走りながら苦々しく思った。そのときには彼女の本国帰還によって、自分の人生航路が変わることになるとは気づいていなかった。

Ⅱ

五ドルは手に入らなかった。あの五ドルには永遠に手が届かないような気がした。ツードアのクーペを手放さないために、なんとしても手段を見つけなければなるまい。パットは絶望感に打ちひしがれながら、スタジオを出た。車にはガソリン、自分にはジンを補給しようと思い、ちょっと立ち止まった。これまで幾度もこのふたつを補給してきたが、ひょっとしたらこれが最後になるかもしれない。

翌朝、深刻な思いを一層募らせながらパットは目が覚めた。このときばかりはスタジオに行きたくなかった。ジップ・マッカーシーが怖いという理由だけでなく、映画制作会社、いや、映画産業のせいだ。実際、映画界ではプロデューサーや脚本家が不手際から大金を無駄にしても大した罪にはならないが、パットのような者が映画の撮影を妨害したとなると、どういうわけか大罪を犯したような扱いとなった。

一方、車の期限は明後日で、一刻の猶予もなかった。スタジオの脚本編集係のルーイが最後の頼みに思えたが、とはいえ気の毒なやつだ。

酒瓶の底に残ったまずい酒をひと口呑み込み、気力を奮い起こした。コートの襟を立たせ、帽子を目深にかぶり、一〇時にスタジオへと向かった。地下鉄のように複雑に入り込んだスタジオの地下道を熟知していたので、パットはメーキャップ部を通り抜け、食堂の調理場に向かった。ひょっとしたら誰にも気づかれずにルーイの部屋まで行けるかもしれない。

角の床屋を曲がったところで、二人のスタジオ警備員がパットを捕まえた。

「おい、入構証を持っているんだぞ！　一週間有効の。ジャック・バーナーズのサインだってある」

「そのバーナーズさんが、お呼びだ」

そうきたか。これで、スタジオから追放だな。

「お前を訴えてやることだってできるんだ！」ジャック・バーナーズが叫んだ。「だが、そんなことしても取り返しはつかん」

「たかが一シーンでしょ。別のシーンを使ったらどうです」パットが言い張った。

「だめだ、できない。キャメラが壊れたんだ。それに、今朝リリー・キーツはイギリス行きの飛行機で帰国してしまったんだ。もう仕事を終えたと思ったらしい」

「そのシーンは廃棄したらどうです？」パットは提案した——あるひらめきが浮かんだ。「わたしがなんとかしますよ」

「君がなんとかするって？　結構！」バーナーズはパットにきっぱり言った。「なんとか修復する方法があるのなら、君に頼むこともないだろうが」

バーナーズはちょっと間を措き、品定めするような目でパットを見つめた。ブザーが鳴り、秘書の声がした。「ヒリアードさんです」

「お通ししてくれ」

ジョージ・ヒリアードは大柄な男だった。ちらっとパットに向けられた目は、心地よいものではなかった。視線には怒りとは別の要素も混じっていた。まるで、人間でないものを見るかのような好奇な視線が二人に投げかけられ、パットは不快に感じ、いらだちをおぼえた。まるで喰人族のフライパンに乗せられる食い物のようだ。

「ええと、では失礼します」パットはそわそわして言った。

「どう思うかね、ジョージ?」バーナーズが尋ねた。

「そうだな」ためらいながらヒリアードは言った。「歯を二、三本引っこ抜いてやったらどうかな」

パットは素早く立ち上がり、ドアに向かって一歩踏み出した。しかしヒリアードは彼を捕まえ、パットと向き合った。

「君の話を聞こうじゃないか」ヒリアードは言った。

「ぼくを叩きのめしたりできませんよ。歯をへし折ったりしたら、訴訟を起こしますよ」パットは叫んだ。

間があった。

「どう思うかね?」バーナーズが言った。

「やつは黙ってるだろう」ヒリアードが言った。

「とんでもない、ぼくは言いますよ！」パットが言った。

「三つ、四つ台詞を与えよう」ヒリアードは言葉を続けた。

「誰も違いなんてわからないさ。どうせ相方の連中の半分は言葉も話せんのだから。要は、君がちょうどいい体格をしているってことだ。キャメラは顔をアップにしないで撮ろう」

バーナーズは頷いた。

「よし、わかった。パット、君は俳優だ。マッカーシーが担当した部分を君が演じろ。シーンはほんの二つか三つだが、重要なんだ。君はギルド・アンド・セントラル・キャスティング社との契約書にサインすればいい。それが済んだら、午後やる仕事の指示を知らせる」

「なんですか、これは！」パットは訊いた。「わたしは大根役者なんかじゃ――」と言いかけて、ヒリアードがかつてこの業界の権威だったことを思い出し、言葉を変えた。「ぼくは脚本家ですよ」

「君が演じる人物は〝ねずみ〟と呼ばれている」バーナーズが続けた。思いがけずにも昨日、撮影中にパットが飛び入りしたので、その後を続けざるを得なくなったことを説明した。ミス・キーツを撮影した最初のシーンがそこには含まれており、彼女はイギリス流の契約を果たしていた。しかし、話の筋を通すためにはギャングが連中の隠れ家に行く様子と、ミス・キーツが窓から飛び降りたあとのシーンを入れることが不可欠となった。しかしミス・キーツが撮影のために再度姿を見せることは叶わないので、パットが残りの六回くらいのシーンに登場し、数日で撮影しなくてはならないというのだ。

「どれくらい払ってもらえますか」パットは尋ねた。

「マッカーシーには一日五〇ドル払っている。ま、落ち着け、パット。君にはこの前の原稿料と同額を支払おうと思う。つまり、週二五〇ドルだ」

「で、ぼくの評判はどうなるんです？」パットは不服だった。

「その質問には答えられないな」バーナーズが言った。「もしベンチリーが演じることができ、ドン・スチュワートやルイスや、ワイルダーやウールコット[原註1]がいたとしても同じだ。これで君が破滅させられることにはならないと思うがね」

　パットはふーとひと息吐きだした。

「手はじめに五〇ドルいただけませんか」と頼んだ。「昨日もひと働きしましたからね」

「もし君が昨日もひと仕事したっていうなら、今ごろは病院にいるだろうよ。くどくど言うことはない。ほら、一〇ドルだ。これが今週分だ」

「ぼくの車はどうなるんです」

「君の車なんて知るか」

Ⅲ

ナ＝チスという、正体不明の政府に妨害を企てる一味に属する不死身の男というのが〝ねずみ〟だった。彼の台詞はごく簡単なものだ。パットは以前、そのような台詞を数多く書いたことがあった。「ブレーンが来るまでやつを殺るな」「ここからずらかろう」「お前はもうすぐくたばるんだ」など。なかなか面白いとパットも思った。撮影中は大抵ぶらぶらと待っているだけだった。これがきっかけに道が開けるんじゃないかとパットは願った。この仕事が短期間なのが残念だった。

パットが最後に出演したのはロケ撮影だった。〝ねずみ〟がある爆発を起こし、その爆発で本人も死ぬということをパットは知らされた。これまでもそういった場面をいくつか見てきたが、微塵の危険も自分には及ばないことを確信していた。しかし、裏の空地でスタッフが彼の胴まわりや胸を測り出したとき、ちょっと妙だなと思った。

「ダミーを作っているのかい？」パットは尋ねた。

「いや、違います」小道具係の男が言った。「全部仕立てたんですが、ジップ・マッカーシーさん用だったので、あなたにも合うか見てみたかったんです」

「どう？　合っているかな」

「完璧ですね」

「これ、なんなんだ？」

「ええと、これは――一種のプロテクターですよ」

微かな不安の風がパットの心を吹き抜けた。

「プロテクターってなんの？　爆発用の？」

「まさか！　爆発は偽物ですから。爆発はただのプロセス・ショット[*1]ですよ。これは別に使うんです」

「じゃ、なんのために使うんだ」パットは執拗に尋ねた。「もしプロテクターが必要というなら、なにから守られるのか知る権利が本人にあるはずだ」

セットの倉庫の正面近くで、キャメラがそれぞれ位置についた。ジョージ・ヒリアードが突然、一団から離れ、パットに向かって歩いて来た。肩に手をまわし、パットを俳優用の衣装テントへと引っ張っていった。中に入るとパットにグラスを手渡した。

「さあ、飲め」

パットはぐっと空けた。

「ちょっと仕事について話があるんだ、パット」ヒリアードは言った。「新しいコスチュームが必要なんだ。連中が君に着せている間に説明しよう」

パットはコートやベストをはぎ取られた。あっという間にズボンは脱がされ、すぐさまギプスのコルセットのように、腋の下から股まで延びた蝶番式の鉄製のダブレット[*2]が胴のあたりで締められた。

「これは最高の優れもので、最強の鉄なんだ、パット」ヒリアードは請け合った。「強度と耐性は最高だ。ピッツバーグで作られたんだ」

突然、二人の衣装係がパットに覆い被さり着ているものの上にズボンを履かせ、コートとベストを着せようとした。パットは抵抗した。

「これはなんのためなんだ?」腕をばたばたさせながらパットは訊いた。「教えてくれ。ぼくを撃ったりしないよな。もしそうなら——」

「いいや、撃たない」

「それならいったいなんのためだ。ぼくはスタントマンじゃない——」

「マッカーシーがするはずだった仕事の契約書に、君はサインしただろ。それはこちらの弁護士も確認済みだ」

「いったい、なんなんだ」パットの口がからからに乾いた。

「車だよ」

「車でおれを轢こうっていうのか」

「説明させてくれ」ヒリアードは請うた。「だれも君を轢いたりはしない。車は君の上を越えていくんだ。それだけだ。この覆いはとても強くて——」

「なんてこった!」パットは言った。「なんてこった」彼は鉄製の鎧を引きはがそうとした。

「君の上に——」

ジョージ・ヒリアードはパットの両腕をがっちり押さえつけた。

「お前は既に一度、この映画をだめにしかけたんだ。繰り返したりはしまいな。男になれ」

「これこそぼくの未来の姿だ。先月の、あの臨時採用のやつみたいに、ぼくをぺちゃんこにするつもりだな」

パットは急に口をつぐんだ。ヒリアードの後ろに見おぼえのある顔が見えた。いまいましく、恐ろしい顔だ。ノース・ハリウッド・ファイナンス・アンド・ローン社の集金屋だった。駐車場にはパットのクーペが停められたままだった。パットの愛車は一九三四年以来、まさに実直な相棒であり仕事仲間、不幸の道連れ、唯一の確たる拠りどころだった。

「契約を遂行するか、永遠に映画界から消えるかのどちらかだ」ジョージ・ヒリアードは言った。

金貸し会社から来た男が一歩前へ踏み出した。パットはヒリアードの方を向いた。

「カネを貸してもらえませんか?」パットはもごもご言った。「二五ドル前払いしていただけませんかねえ」

「もちろんさ」ヒリアードは言った。

パットは借金取りに向かって声を荒らげた。

「聞いたか? あんたはカネが入るぞ。でももしこの鎧が壊れてわたしが死んだら、祟ってやるからな」

その次の数分間は夢うつつに過ぎた。パットたちがテントから出て行くとき、ヒリアードの最後の指示が聞こえた。パットは浅い溝に寝そべって、ダイナマイトを爆発させることになっていた。それから主役の運転する車がゆっくりと、パットの体の上を通過するというのだ。パットはぼんやりと物音を聞いた。工場の壁にぶつかり、グチャっと卵のように自分が割れる映像が心に広がっていった。

パットは懐中電灯を手に取り、溝に寝そべった。遠く離れたところから「静かに《クワイエット》」という命令が聞こえた。それからヒリアードの声と車のエンジンをかける大きな音が聞こえた。

「アクション！」誰かが叫んだ。徐々に車が近づいてくる音がした。音はますます大きくなってくる。パット・ホビーには、その後の記憶はない。

Ⅳ

意識が戻ったとき、あたりは暗く静かだった。しばらくの間、自分がどこにいるのか理解できなかった。それからカリフォルニアの空に星がキラキラまたたくのを見た。自分はどこかにひとりでいる。いやいや、誰かの腕の中にしっかりつかまれている。だが、その腕は鉄でできている。自分がまだその金属の覆いを身につけているのに気がついた。車の近づく音が聞こえると、なにもかもが思い出された。

自分で確認した限りでは無傷だった。しかし、なぜこんな屋外にひとりでいるのだろうか？

パットは立ち上がろうともがいた。しかしそれは叶わぬことだった。恐怖のあまり、助けを求めて叫んだ。遠くから人の声が聞こえるまでほぼ五分間、叫び続けた。ようやくスタジオ警備員の制服を着た男が到着した。

「どうしたんだ、あんた？　ひどく落ちたのか？」

「いいや、違う！」パットは叫んだ。「この午後、撮影していたんだ。この溝の中で、ほったらかしにされたってわけだ」

「騒動の中でみんな、あんたのことを忘れちまったに違いない」

「忘れただって！　ぼくは撮影中だったんだ。信じられないなら、何を着ているかを確かめて見てくれ！」

警備員はパットが立ち上がるのに手を貸してくれた。

「スターが脚の骨を折るなんてめったにないからな。だから連中は混乱してたんだ」

「なんだって？　なんかあったのか？」

「ああ。聞いたところによると、彼は地面のコブの上を運転することになっていたんだが、車が横転して足を骨折したんだよ。それで撮影を中断するしかなくなってさ。みんながっくりきてたね」

「それで連中は、この暖炉みたいな中にぼくを放っておいたというわけか。今夜どうやってこれを脱げばいいんだ？　どうやって車を運転したらいいんだ？」

激しい怒りをおぼえながらも、パットはじんわりとした満足感を味わっていた。この舞台でなにかを演じ、何年もの間、注意も払われずに過ぎたあとに、ついに認知される者となったのだ。もう一度、この映画界で、どうにか立ち上がることができたのだ。

原註1　ロバート・ベンチリー（1889-1945）ユーモア作家。ドナルド・スチュワート（1889-1944）イギリス生まれの映画俳優と声優〔ヘミングウェイの『日はまた昇る』の登場人物ビル・ゴートンのモ

デルとしても有名〕。アレキサンダー・ウールコット（1887-1943）批評家。名演説者としても有名。

訳註

＊1　映画の撮影手法のひとつ。バックになる映像を映写しているスクリーンの前に被写体をおいて撮影するショット。

＊2　十五〜十七世紀に流行した身体にぴったりした男子用上衣。キルティングなどの二重仕立て。または、鎖かたびらで補強し鎧の下に着用した刺し子縫いの下着。

（今村楯夫 訳）

パット・ホビーの試写会

I

「君にくれてやる仕事なんか、なにもないな」バーナーズは言った。「こっちは仕事よりも脚本家の方を多く抱えているんだから」

「仕事が欲しいんじゃないんです」パットは負けじと言った。「今夜の試写会のチケットを何枚かお持ちかと思ったんです。著作権の半分はわたしにあるんですからね」

「ああ、そう。その件について君と話したいんだがね」バーナーズは眉をひそめた。「君の名前《クレジット》を映画から外さなければならないかもしれん」

「なんですって?」パットは叫んだ。「なぜですか。すでに名前は載っているじゃないですか!『リポーター』誌で確認しましたよ。〈ウォード・ウェインライト及びパット・ホビー作〉って」

「しかし映画を公開するときには、君の名は外さなければならないかもしれない。ウェインライトが東部から戻って来ていて、文句を言ってるんだ。君が書き替えたのは『いいや』を『いいえ』とか、『深紅色』を『赤色』とか、そういう程度だと」

「わたしは二十年もこの業界にいるんですよ。自分がやるべきことは理解しています。彼の方がどじを踏んだんです。くだらない失敗作を書き直すために、わたしは呼ばれたんだ」

「そうじゃない！」バーナーズはきっぱり言った。「ウェインライトがニューヨークに行ったあとでわたしが君に依頼したのは、あるちょっとした登場人物に手を入れることだったんだ。もしわたしが釣りに出かけてなければ、君の名前がシナリオに載るなんてこともなかった」ジャック・バーナーズはパットの血走った陰気な目を見て、ふと口をつぐんだ。「とはいっても、久しぶりに君の名をスクリーンで見られてうれしいよ」

「映画脚本家組合《ギルド》に加入して、この件について闘います」

「君に勝ち目はないよ。とにかくだ、パット。少なくとも今夜は君の名前が出る。おかげでみんな、君がまだ生きてるってことを思い出すだろう。それから、チケットは何枚か見つけよう。しかし、ウェインライトには注意しろよ。五十歳を超えて暴力でも振るわれたりするのは、歓迎できることじゃない」

「ぼくは四十代ですよ」パットは言った。四十九歳だ。

受話器《ディクトグラフ》が鳴った。バーナーズがスウィッチを入れる。

「ウェインライトさんです」

「待つように言ってくれ」バーナーズはパットの方を向いた。「ウェインライトが来たようだ。君は横のドアから出た方がいい」

「チケットはどうなります？」

「今日の午後に寄ってくれ」

駆け出しの若い脚本家だったなら、これはぐうの音も出ない強烈な一撃だったかもしれないが、パットはこれまでもっと惨めなことを経験してきた。惨めさが本人に降りかかってきたというのではなく、この十年間、過酷な運命に翻弄されてきたのだ。さまざまな経験に加えて、ワシントン大通りとヴェンチュラ、またサンタ・モニカとヴァインの間に生えている、あらゆる類いの有害ハーブの助けを借りて、パットは人生を滑り落ちてきたのだ。ときには、つかのま茂みをつかみ、「埋め合わせ仕事」のおかげで数週間は滑り落ちずにいたこともある。その凋落のスピードたるや、弱い男なら眩暈《めまい》をおこしていただろう。

無事にバーナーズのオフィスを抜け出すと、パットは振り返りもせず先のことを考えた。脚本編集係ルーイと一杯やり、そしてスタジオの古い友人を呼び出してみようかと思った。ときたま、とはいえ一年に一度もない程度だが、「サンタ・アニタ競馬場」の名前を持ち出す前に、ひょんなことから仕事に発展することがあった。けれど一杯引っかけたあと目に映ったのは、困った様子の少女だった。

明らかに迷子だった。食堂の方に向かってぞろぞろ歩いて行くエキストラ俳優たちの行列を、少女はじっと立って見つめていた。その様子はあまりにも危なげで、一行が今にもぶつかりそうになった瞬間、パットはさっと手を伸ばして少女を脇に寄せてやった。

「あら、どうも」彼女は言った。「ありがとうございます。スタジオの見学ツアーに来たんです。

スタジオ警備の人にカメラを取り上げられ、ガイドさんに言われたように五番スタジオに行ったんですが、閉まっていました」

その子はまさに〝ブロンドのかわい子ちゃん〟だった。パットの霞みがかかった目には、愛らしいブロンド少女たちは、おもちゃの紙人形みたいに見えた。もちろん、ひとりひとりは名前をもっているのだが。

「カメラのことはどうにかしよう」パットは言った。

「あなたって、とてもいい人ね。エレナー・カーターです。アイダホ州ボイシーから来ました」

パットは少女に自分の名前と、それから脚本家だということを告げた。エレナーは最初がっかりした様子だったが、気をとり直すとうれしそうだった。

「脚本家ですか……そうね、もちろんそうですね。脚本家が必要だってことはわかっていたけど、聞いたことがなかった気がして」

「脚本家は週三千ドルも貰えるんだ」パットはきっぱりと言った。「ハリウッドの中でも影響力、抜群の仕事なんだ」

「そうなのね、そんなこと考えたこともなかったわ」

「バーナッド・ショー[*1]もここにいたんだ」と彼は言った。「それにアインシュタインだって。でも連中は成功できなかったけどね」

二人は掲示板の方に歩いて行き、パットは三つの舞台セットのスケジュールを見つけた。監督のひとりはずっと昔に親しかった友人だった。

「あなたは、なにを書いたんですか?」エレナーが訊いた。

そのとき、有名スターが遥か遠くに現れ、彼が通り過ぎるまでエレナーは全身を目にして、その俳優を見つめた。どのみち、パットが手がけた映画なんか彼女にはあまりピンとこなかっただろう。

「みんなサイレント映画なんだ」パットは言った。

「あ、そうなの。最後に書いたものは?」

「そうだな。ユニヴァーサル社で手がけたものだな。最終的にどんなタイトルが付けられたか知らないけど」エレナーはさして感心しているようにも見えず、パットは素早く頭を働かせた。アイダホ州ボイシーの人にはなにが知られてるんだ?

「『我は海の子』[*2]を書いたんだ」大胆にもパットは言った。「それから『テスト・パイロット』[*3]と『嵐が丘』[*4]もね。……それから『新婚道中記』[*5]と『スミス都へ行く』[*6]もさ」

「まあ!」彼女は叫んだ。「大好きな映画ばかりだわ。それに『テスト・パイロット』はボーイフレンドのお気に入りなの。わたしが好きなのは『愛の勝利』[*7]」

「『愛の勝利』は駄作って感じだな」パットは控えめに言った。「インテリ向きだな」とパットは言い、嘘と真実とのバランスをとるために言葉を続けた。「ぼくはこの業界に二十年もいるんだ」

二人は舞台セットまでやって来て、中に入って行った。監督に自分の名前を伝えるように言い、二人は通してもらった。ロナルド・コールマンのリハーサルの一場面を見学した。

「これ、あなたが書いたの?」エレナーが小声で訊いた。

「頼まれたけど。あいにくぼくは忙しかったからね」パットが言った。

パットにかつての若々しさがよみがえってきた。権威があって、活動的な気分だ。手元にはいくつもの計画がある。ふと思い出した。

「今夜、試写会があるんだ」

「あなたの書いた映画の？」

彼は頷いた。

「クローデット・コルベール*8を連れて行くことになってたんだが、彼女、風邪をひいてね。君、一緒に行かないか？」

Ⅱ

エレナーが家族の話を持ち出したときには一瞬、パットはびくっとしたが、同居しているのは伯母だけだと聞いてほっとした。じろじろと自分たちを見ている人波を尻目に、小さな可愛らしいブロンド娘と一緒に歩いていると、まるで昔に戻ったかのようだった。車は一九三三年型だったが、これは借りものということにし、自分のリムジンは使用人のある日本人《ジャップ》が事故を起こして使えないということにした。それからどうする？　パットにはよくわかっていなかったが、一夜をうまく演じてみせることはできる。

スタジオの食堂でエレナーにランチをおごり、誰かに一日アパートメントを借りようかと思い付き、パットの心は浮き立った。「オーディションを受けさせてやる」という昔ながらの言い方がある。しかしエレナーは美容院に行って髪を整え、今夜に備えることだけしか頭になかった。パットはしぶしぶエレナーを入口まで送っていった。ルーイと一杯飲んだあと、チケットを受け取るためジャック・バーナーズのオフィスへ向かった。

バーナーズの秘書はチケットを封筒に入れて用意していた。

「実はこの件で困ったことがあるんです、ホビーさん」

「困ったこと、なんだ？　自分の試写会にも行っちゃいけないのか。それともなにか別のこと？」

「そうじゃないんです、ホビーさん」秘書は言った。「映画の前評判がとてもよくて、席がすべて埋まってしまったんです」

とても納得などできず、パットは不平を述べた。「会社はぼくのことなんか頭になかったんだ」

「申し訳ありません」彼女は口ごもった。「実はこれはウェインライトさんのチケットなんです。なにかにとてもお怒りのようで、自分は行かないと仰っているんです。で、わたしのデスクにこれを投げ捨てていったんです。こんなことあなたにお伝えすべきではないのですが」

「ウェインライトの席だって？」

「ええ。ホビーさん」

パットは舌なめずりをした。勝ち誇ったときのくせだ。ウェインライトが癇癪を起こした。それは映画作りでは絶対してはならないことだった。癇癪を起こすふりならよい。自分の手はずがさほどきちんとしていないのかもしれない。映画脚本家組合に入って申し立てをしてやろうかとパットは思った。組合《ギルド》が自分を受け入れてくれればの話だが。

この問題は純理論的なものだ。エレナーと五時に待ち合わせをし、「どこかカクテルが飲める場所」へ連れて行くことになっていた。二ドルのシャツを買い、店でそれに着替え、四ドルのアルペン・ハットも買った。かくして口座残高は半減した。一九三三年の銀行休日[原註1]以来、通帳は慎重にポケットの中に持ち歩いてきた。

ウェスト・ハリウッドの上品なバンガロー式モーテルで、エレナーはすぐに見つかった。パットのアドバイスを受けてイヴニング・ドレスこそ着ていなかったが、これまでに出会ったどの可愛らしいブロンド娘よりも輝いていた。その姿は情熱と感謝の念に満ち、溢れんばかりだった。誰かに明日、アパートメントを使わしてもらおうとパットは思った。

「オーディションは受けるの?」と、ブラウン・ダービーのバーに入りながら、パットは訊いた。

「受けない女の子なんかいるかしら?」

「例えば、億万長者の子だとか」パットは、かつて狙っていた女をものにできなかったことがあった。「タイプのキーを叩いたり、ただぶらぶらしている方がいいっていう人もいるさ。君はびっくりするだろうけど」

「わたし、オーディションのためならなんでもするわ」エレナーは言った。

出会ってから二時間が経ち、なにかこの子にしてやれることはないだろうかと、パットは真面目に思案していた。ハリー・グッドーフがいて、ジャック・バーナーズがいる。だがここ最近、パットの信用はどこでも低かった。しかしなにかしら、エレナーにしてあげられそうだ。少なくとも、エージェントの関心を引くくらいはできるだろう。それも明日すべてうまくいった場合の話だが。

「明日はなにか予定はあるの?」パットは訊いた。

「とくに」彼女は即答した。「わたしたち、なにか食べてから試写会にいくのがいいかしら?」

「そうだね、もちろん」

パットは残金の少ない銀行口座から六ドルも下ろして、ウィスキー代を払った——確かに、誰しも自分の映画の試写会の前に祝福する権利はある。パットはエレナーをレストランのディナーに連れて行った。二人とも食事は進まなかった。エレナーは胸がいっぱいだったし、パットは食べ物とは違う形でカロリーを摂取していた。

自分の名前《クレジット》が載る映画を見るのは久しぶりだった。パット・ホビー。映画業界のその大勢のひとりとして、いつもパット・ホビーの名前は最後に載っていた。再び自分の名前を見るのは素晴らしいことだ。昔の友人たちが立ち上がってバースデーソングを歌ってくれることなど期待していなかった。けれど群衆が劇場に向かっていくとき、自分の背中を叩いて労いの言葉をかけてくれる人がいるだろうし、少しでも注目が戻ることを確信していた。それは素晴らしいことだ。

「怖いわ、わたし」ファンで溢れかえる通路を通るときエレナーが言った。

「みんなが君を見てるよ」彼は自信ありげに言った。「みんな、君のかわいらしい顔を見ているよ。女優じゃないかって思ってるんだろうね」

ファンがひとり、サイン帳と鉛筆をエレナーに突き付けてきたが、パットは頑としてはねのけた。上演時間は遅れていた。「ご入場ください」と入口近くで大きな声がした。

「チケットを拝見します」

パットは封筒を開けて中身をドアマンに渡した。それからパットはエレナーに言った。

「この席は予約席だから、遅れても平気だよ」

エレナーはパットにぐっと身を寄せてしがみついた。結果的にはまさにその瞬間こそ、彼女のデビューの頂点だった。劇場の中へ三歩も進まないうちに、誰かの手がパットの肩に置かれた。

「よう、相棒。このチケットじゃ入れないぞ」

気づいたときには二人はもうドアの外に押し戻されていた。いくつもの疑いの目がにらみつけていた。

「わたしはパット・ホビーだ。わたしがこの映画を書いたんだ」

ほんの一瞬、そうなのだろうという空気が漂った。しかし薄情な警備員はパットの臭いを嗅いで一歩前へ出た。

「相棒、あんた酔ってるね。これは別のショーのチケットだよ」

エレナーは不安をおぼえてじっと見つめた。だが、パットは冷静だった。

「中に行って、ジャック・バーナーズに訊いてくれ」パットは言った。「答えてくれるだろう」

「いいか、よく聞け」しゃがれ声の警備員は言った。「このチケットはL・Aの風刺劇《バーレスク》のチケットだ」男はパットをすみに寄せた。「あんたは自分のショーに行きな、ガールフレンドと一緒に。じゃあ、お幸せに」

「君はわかってないな。ぼくがこの映画を書いたんだ」

「ああ、はかない夢の中でな」

「プログラムを見てくれ。わたしの名前が載っている。わたしはパット・ホビーだ」

「証明できるか？　あんたの車の証明証を見せてもらおうじゃないか」

証明証を手渡しながら、パットはエレナーに囁いた。「心配するな！」

「パット・ホビーとは書いてないな」ドアマンが言った。

「これによると、この車を所有しているのはノース・ハリウッド・ファイナンス・アンド・ローン社だそうだ。あんたのことか？」

人生においてこの時ばかりはパットには言うべき言葉がなにひとつ思い浮かばなかった。エレナーの方にちらっと視線を投げた。その顔は無表情だった。パットは——ああ、おれは孤立無援だな、と思った。

III

試写会のにぎわいに集まって来た人びとが三々五々散り始め、なぜわざわざここに来てしまったんだろうと、いかにもアメリカ人らしい当惑した表情を浮かべ去っていった。パットとエレナーの顔に、どこか悲壮な表情が浮かんでいることに気づいた人もいた。パットとエレナーは明らかに押しかけだった。自分たちと同じように部外者だった。けれど果敢にも劇場の中に入ろうという暴挙に出た二人に、連中は腹を立てていた。自分たちには共有できない暴挙だった。連中からは茶化すような言葉も聞きとれた。その気まずい現場からエレナーがじりじりと離れようとしたとき、ドアの方が騒然となった。粋なスーツを着こなした身の丈一八〇センチほどの男が、のしのしと劇場から出てきたのだ。男はその場に立ってあたりを見まわし、パットを見つけた。

「ここにいたのか！」彼は叫んだ。

ウォード・ウェインライトだとパットは気づいた。

「中に入って、見てみろ！」ウェインライトが吠えた。「見てみろ。ここにチケットの半券がある。小道具係が監督した作品なんじゃないかね！　行って確かめろ！」ウェインライトはドアマンに言った。「そうだよ！　あの男がこのシナリオを書いたんだ。わたしの名前は寸分足りとも載せないぞ」

激しい怒りでぶるぶる震えながら手を振り上げ、ウェインライトは大股で人ごみの中へ消えて行った。

エレナーはすっかり脅えていた。ボイシーに連れ戻そうとする目に見えない手が伸びてくるのを感じつつも、「映画に出るためならなんでもする」と自らを駆り立ててきた気持ちが、エレナーをそこに留まらせていた。走れ、精一杯速く、という思いに駆られて。非情なドアマンと大柄な見知らぬ男のおかげで、パットが〝とるに足らない男〟だという印象ははっきりした。エレナーはその血走った目が自分に迫って来るのを許さなかった。少なくとも別れ際のキスより近くには。エレナーは誰かのためにと身を守ってきた。でもそれはパットではなかった。しかしここにきて、エレナーはこの連中がいつまでも帰らないのは、自分に向けられた讃辞だと感じつつあった。これまでに経験したことのないような感覚だった。エレナーはときどき、ちらっと群衆に視線を投げかけた。いまや動揺し脅える目付きから、女王のような目付きに変わっていた。

エレナーはまさにスターになった気分だった。パットの方もかなり大胆になっていた。これは自分の試写会なのだ。つまり、すべてが自分の手に引き渡されたのだ。この映画が世に出るとき、誰かの名前が載る、そのはずだ。パットの名前がスクリーンに映し出されるだろう。ウェインライトは手を引いた。

〈脚本：パット・ホビー〉

パットはエレナーの肘をしっかりとつかんで、勝ち誇ったようにドアに向かって進んで行った。

「元気出して、ベイビー。これがハリウッドスタイルなんだ。わかる？」

原註1　ニューディール政策の一環として、一九三三年三月、主要大手銀行が危機的状況に陥った際

にフランクリン・ローズベルト大統領はアメリカ国内の銀行システムを停止する命令をくだした。「銀行休日」は一週間に及んだ。

訳註

＊1　アイルランドの劇作家でフェビアン主義者バーナード・ショー（1856-1950）をもじった名前。

＊2　『我は海の子』（*Captain Courageous*　監督ヴィクター・フレミング、一九三七）。原作はラドヤード・キップリング。MGMの制作により、その後に続くアクション映画の古典的な作品。

＊3　『テスト・パイロット』（*Test Pilot*　監督ヴィクター・フレミング、一九三八）。アカデミー賞候補映画。クラーク・ゲーブル、マーナ・ロイ、スペンサー・トレイシーが主演。

＊4　『嵐が丘』（*Wuthering Heights*　監督ウィリアム・ワイラー、一九三九）。原作はエミリー・ブロンテ。ローレンス・オリヴィエの米国映画第一作として有名。アカデミー撮影賞を授賞。

＊5　『新婚道中記』（*The Awful Truth*　監督レオ・マッケリー、一九三七）。アイリーン・ダンが主演女優賞、脚本賞と編集賞をアカデミー賞ノミネート。

＊6　『スミス都へ行く』（*Mr. Smith Goes to Washington*　監督フランク・キャプラ、一九三九）。アカデミー賞を作品賞を含み一一部門がノミネートされ、原案賞を授賞。

＊7　『愛の勝利』（*Dark Victory*　監督エドマンド・グールディング、一九三九）。ロナルド・レーガン、ハンフリー・ボガードが共演。ベティ・デイヴィスが主演女優賞をアカデミー賞ノミネート。

＊8　クローデット・コルベール（1903-96）一九三〇年代〜四〇年代にスクリューボール・コメディで人気を博したコメディアン。『或る夜の出来事』（一九三四）でアカデミー主演女優賞。

（今村楯夫 訳）

やってみるのも悪くない

I

ウィルシャー大通りにあるデリカテッセンのはす向かいに、パット・ホビーのアパートメントがあった。パットはごろんと横になっていた。傍らには『一九二八年映画年鑑』と『バートン鉄道ガイド一九三九年版』の二冊、それに写真、メーベル・ノーマンド[*1]とバーバラ・ラマー[*2]の公式サイン入り写真（いまや故人で、質屋に出せるほどの価値はなし）が置かれていた。犬はヒビ割れた革靴に足を入れ、傾いたソファのひじ掛けに前足をちょこんと乗せていた。

パットはネタ探しで〝万策尽きていた〟――日常の暮らしぶりに使うにはあまりにも身もふたもない言い方だ。彼は映画界では過去の人であった。かつてはぜいたくな暮らしになじんでいたが、ここ十年は仕事を手にするのもむずかしかった――グラスを手にするよりも。

「考えてみれば」彼はぼやいた。「四十九にして、ただの脚本家だ」

午後のあいだずっと、パットは着想を得ようと『タイムズ』と『イグザミナー』のページをめくっていた。シナリオのネタを探すつもりでもなかったが、スタジオに入り込むためにはやむを得まい。そうでもしなければ門を通るのはますますむずかしい。この二紙は、『ライフ』とともに、「ネタ」元として広く一般に使われている。だが、今日の午後は収穫なしだった。戦争、トパンガ峡谷での火事、スタジオによる映画の公式発表、地方での汚職事件、トロジャン[*3]の名誉挽回についての記事が載っていたが、読者の関心を引く点で、競馬予想に勝る記事を見つけられなかった。

サンタ・アニタ競馬場に行ければなあ——競走馬ネタが得られるかもしれない。

そんな思いに元気を取り戻しかけたが、階下から上がってきた家主で食料品店主のおやじの声で水を差された。

「もう二度とうちの電話を、お宅の連絡手段に使わんでくれと言ったでしょう」ニックが言った。「今後いっさい取り次ぎませんからね。スタジオのカール・ル・ヴィーニュさんご本人から電話があって、すぐに来てほしいって」

仕事の予感がパットに少しばかり作用した。ぼろぼろになってあがいていた男気を眠らせ、かわりにおおらかで気楽な自信を注入した。成功していた頃の饒舌さと態度がパットに戻ってきた。スタジオの警備員にウィンクし、立ちどまっては脚本編集係のルーイと言葉を交わし、ル・ヴィーニュの秘書に自己紹介する様子たるや、地球上のどこかで一時代を画す仕事をしている男さながらだった。

「よう、キャプテン！」パットはいささか悪乗り気味に挨拶し、片時もそばを離れない、全幅の信頼を得た副官よろしくふるまった。

「パット、君の奥さんが入院した」ル・ヴィーニュが言った。「今日の午後にでも新聞に載るだろう」

パットはぎょっとした。

「うちのが?」彼は言った。「どの妻のことだ?」

「エステルだ。手首を切ろうとした」

「エステル!」パットは叫んだ。「あのエステルが? 結婚してたのはたったの三週間だぞ!」

「君にとって、最高の女性だった」ル・ヴィーニュは本気でそう言った。

「ここ十年は連絡もない」

「こうして連絡があったじゃないか。みな君の居場所を突き止めようと、手分けしてあちこちのスタジオに電話したそうだ」

「ぼくにはなんの関係もない」

「わかってる――エステルがここに来たのは、ここ一週間前のことだ。それまでは、どこにいたんだったかな――ニューオリンズかな。これまでいろいろと不運に見舞われたらしい。夫に先立たれたり、子に先立たれたり、カネも尽きて――」

パットはほっとした。なにからなにまで、おれのせいにしようというわけではないらしい。

「いずれにせよ命に別状はない、大丈夫だ」とル・ヴィーニュは言ったが、そんなことはパットにとって、どうでもいいことだった。

「――それに、エステルは優秀な監督助手だった。会社としては彼女の面倒を見たい。そうすれば君にも仕事が入る。厳密に言うと、仕事じゃない。何の職務も生じないのだから」彼はパットの充血した目をちらりと見た。「どちらかといえば閑職《シニキュア》だ」

パットは落ち着かなくなった。その言葉の意味がわからなかったが、「シン（罪悪）」という響きが彼の心を掻き乱し、「キュア（矯正）」という響きがこれまでの不愉快な思い出の数々を思い起こさせた。

「君は週給二五〇ドルで三週間の契約を結んでもらえる」ル・ヴィーニュは言った。「――でもそのうち、一五〇ドルは奥さんの入院費にあてる」

「だけどぼくらは離婚したんだ！」パットは抗議した。「しかも、メキシコ式にあっさりとってわけじゃなかった。ぼくは再婚もしたし、向こうだって――」

「やるのか、やらないのか。ここでオフィスも持てるぞ。今後、君ができる仕事が出てきたら知らせるから」

「週一〇〇ドルで働いたことなんてない」

「仕事をしろと頼んでいるのではない。家にいたいならいればいいんだ」

パットは考え直した。

「わかった、やりますよ」彼は慌ててそう言った。「いい原案を見つけてくれないか。そうすれば、みごとに台本に仕立ててみせるから」

ル・ヴィーニュは紙片になにかを書きとめた。

「よし。会社もオフィスを割り当ててくれるぞ」

外に出るとパットは紙片を見た。

「ミセス・ジョン・デブリン。グッド・サマリタン病院」と書いてあった。

病院の名称に、パットはいらっときた。

「グッド・サマリタン〔情け深い人の意〕とは、あきれたもんだね！」彼は叫んだ。「ぼったくっといて。週に一五〇ドルもとりやがって！」

Ⅱ

パットはこれまで何度もお情けの仕事にあずかってきたが、情けないと感じるのは今回が初めてだった。たしかに、給料分の仕事はしていない。だが、給料が減らされるのは別問題だ。明らかになにもしていないスタジオの人間の給料は、公正に支払われているのだろうか。たとえば、スター気取りで歩いている、若くてきれいな女が何人かいる。あれは役にあぶれた連中なんだと思っていたが、雑用係のエリックに、実はわざわざウィーンやブダペストから呼んできた役者で、まだ出演作が決まっていないのだと聞かされた。たった三週間だけ夫だった男を養うため、彼女たちは給料の半分を引かれているのだろうか？

こういう女たちの中でも、誰より可愛いのがリゼット・スターハイム。スミレ色の目をしたブロンドの小柄な子で、どことなくものうげな表情をしていた。ほぼ毎日、パットは食堂で、午後にひとり休憩するリゼットを見かけた――そしてある日、さりげなく反対側の席に坐り、顔見知りになった。

「こんにちは、リゼット」彼は言った。「パット・ホビーといいます。脚本家でね」

「あら、こんにちは！」

はじけんばかりの笑顔で応じてきたので、自分のことを耳にしたことがあるなと思った。

「出演はいつ決まるんだい」

「わかりません」彼女の訛りはかすかだが、耳に残る。

「お偉方には言い逃れを許しちゃいけないよ。とくに君みたいな美女は」あまりに彼女が美しいので、パットはひさびさに饒舌になった。「ときどき会社は、お抱えの大スターに似すぎているという理由だけで、歯抜けばあさんになるまで契約で縛りつけるからね」

「まあ、そんな」不安の表情を浮かべて彼女が言った。

「そういうものさ！」パットは応答した。「悪いことは言わない。別の会社に行って契約したらどうかね。考えたことは？」

「すばらしいと思います」

パットはその話にもっと踏み込もうとしたが、ミス・スターハイムは腕時計を見ると立ち上がった。

「もう行かなければなりません。ミスター――」

「ホビー。パット・ホビーだ」

次にパットは、監督のダッチ・ワゴナーに近づいた。ワゴナーは別のテーブルでウェイトレスとサイコロの賭け事をしていた。

「ダッチ、仕事の合間のひと休みか？」

「いやはや、仕事の合間ときたもんだ！」ダッチは言った。「もうかれこれ半年も映画を撮ってない。契約は半年有効なんだ。このままだと契約破りになる。それで、さっきの可愛いブロンドの子は誰だ？」

その後、パットはオフィスに戻ると、先の二人について雑用係のエリックに話した。

「みんな契約はしたものの、どこからもお呼びがかからないんです」とエリックは言った。「ジェフ・マンフレッドをご覧なさい。共同プロデューサーの身なのに、オフィスにこもってお偉方に企画案を送ってるんです――お偉方はパーム・スプリングス〔ロサンゼルスの保養地〕にいますよと、ぼくは言ってやりました。お気の毒なものです。昨日なんか、机に突っ伏してわんわん泣いてました」

「どういうことだ？」パットは言った。

「経営陣の交代」エリックはそっとほのめかした。「人事刷新です」

「トップは誰になるんだ？」興奮隠しきれぬ様子でパットは尋ねた。

「誰も知りません」エリックが言った。「でも、ぼくは出世したいんです！　ああ、脚本家の仕事がほしい。アイディアが三つあるんです。思いついたばかりで、まだ物足りないですが」

「そんなのは、無駄だ」パットはばっさり切った。「今ここで、おれと取引しようじゃないか」

次の日、パットはジェフ・マンフレッドを捕まえた。彼は自信なさげに足早に歩いていた。

「ジェフ、なに急いでるんだ?」階段を下りながらパットは訊いた。

「シナリオを何本か読んでる」あえぎながら自信なさげに相手が言った。

パットは不本意ながら彼をオフィスに招き入れた。

「ジェフ、人事異動について聞いたか?」

「なんだって、パット――」ジェフは不安げに壁を見つめた。「人事異動って、なんの話だ」

「ハーモン・シェイヴァーが、新しいボスになるらしい」パットは腹をくくって切り出した。

「つまり、ウォール街の支配だよ」

「ハーモン・シェイヴァーだって!」ジェフは鼻で笑った。「映画のことなんてろくに知らない――カネだけの男だ。道に迷ったみたいに、まごまごしている」ジェフは深く腰かけて考え込んだ。「といっても――君の言うことが本当なら、近づきやすい男かもしれないな」彼はパットに悲しげな目を向けた。

「ここ一ヶ月、ル・ヴィーニュにもバーンズにもビル・ベーラーにも会えてない。仕事も割り当ててもらえないし、俳優をまわしてもらえなければ原案も手に入らない」彼は不意に話すのをやめた。「自分でなにか作ろうと考えてたんだ。なにかアイディアはあるか?」

「ぼくかい?」パットは言った。「三つある、思いついたばかりでまだ物足りないけど」

「主演は誰だ?」

「リゼット・スターハイム」パットは言った。「監督はダッチ・ワゴナー——どうだ？」

Ⅲ

「百パーセント、君に同意だ」ハーモン・シェイヴァーは言った。「これまで映画界で体験したうちで、もっともわくわくする話だ」彼は有能な債券販売人よろしくにこにこした。「ああ、子供のころにひと騒ぎ計画したのを思い出すよ」

ジェフ・マンフレッド、ワゴナー、ミス・スターハイム、パット・ホビーが、シェイヴァーのオフィスに来ていた——共犯者のようにコソコソと。

「気に入ってくれたかな、ミス・スターハイム」シェイヴァーは言葉を継いだ。

「すばらしいと思います」

「それで、君もかい、ワゴナーくん」

「おおまかな筋しか聞いておりませんが」監督にありがちな用心深さで、ワゴナーが言った。「昔ながらのお涙ちょうだい路線で、大ヒットを狙えそうです」彼はパットに向かってウィンクした。「このろくでなしが、こんなにいいネタを持っていたとは知りませんでした」

パットは誇らしげに顔を輝かせた。ジェフ・マンフレッドの方は気持ちが高ぶっていたものの、パットほど自信はなかった。

「誰にも洩らさないことが大事です」彼は不安げに言った。「上層部がなにかしらの手を使ってつぶしにかかってくるかもしれない。一週間後に台本が仕上がったら、さっそく取りかかります」

「同感だ」シェイヴァーが言った。「ずいぶん長いことやつらが撮影所を牛耳ってきたからな。わたしは秘書さえも信用しとらん——午後にはあいつらを競馬場に追い払ってやった」

パットがオフィスに戻ると、雑用係のエリックが待っていた。自分が重大な事案の中核にあることなど知るよしもなく。

「気に入っていただけましたか?」彼は身を乗り出すように尋ねた。

「かなりいいね」パットはわざとさりげなく言った。

「次の支払いでは、もう少し上げてくれるって言いましたよね?」

「勘弁してくれよ」パットはつらそうに言った。「週七五ドルもらえる雑用係がどれだけいると思ってるんだ?」

「シナリオを書ける雑用係がどれだけいると思っているんですか?」

パットは考えた。ジェフ・マンフレッドがポケットマネーで前払いするつもりの週二〇〇ドルのうち、六〇パーセントは当然ながら自分がもらう手数料だと考えていた。

「一〇〇ドルにしてやろう」彼は言った。「さあ、スタジオは避けて、ベニーのバーの前で落ちあおう」

病院では、エステル・ホビー・デブリンがベッドの上で体を起こしていた。予期せぬ訪問に困惑した様子だった。

「来てくれてうれしいわ、パット」彼女は言った。「これまでずっとやさしくしてくれたわね。手紙は見てくれたかしら？」

「忘れてくれ」パットはぶっきらぼうに言った。この女を妻として愛したことはなかった。彼女のほうはパットを愛しすぎていた――パットが愛情薄き人間だと唐突に気づくまでは。だから、エステルの前に出ると、パットは引け目を感じた。

「青年を連れてきてるんだ」彼は言った。

「なんのために？」

「君はヒマしてるんだろうと思ったし、これにかかった金を返したいんじゃないかと思ってね」

パットは殺風景な病室をぐるりと手で示した。

「君はかつて、すばらしい監督助手だった。もしぼくがタイプライターを持ってきたら、ネタを台本に仕上げられるんじゃないか？」

「ええ――そうね。できると思うわ」

「これは秘密だよ。スタジオの人間は誰も信用できない」

「わかったわ」エステルは言った。

「その青年に持ってこさせるよ。ぼくは会議があるから」

「わかったわ……それと……ねぇ、パット……また会いに来てちょうだい」

「もちろん、来るさ」

誰が来るもんか。病室は好きじゃない――自分もいたことがあったから。これからは、貧乏や失敗とはいっさい無縁だ。強い力が好きだ――夜にはリゼット・スターハイムをレスリングの試合に連れて行く予定だ。

Ⅳ

熟考した上で、ハーモン・シェイヴァーは持ちネタの公表を「サプライズ・パーティ」にしようと決めた。仲間を集めて、既成事実《フェタコンプリ》を突きつけるつもりで、ル・ヴィーニュにオフィスに来てくれるよう電話した。

「そっちに行かなきゃだめか?」ル・ヴィーニュは尋ねた。「今言ってくれないかね――こっちは猫の手も借りたいぐらいなんだ」

この横柄ぶりにシェイヴァーはいらだった――自分は東海岸の株主の利益を守るために、ここに来ているのだ。

「無理なことを頼んでるんじゃないんだ」彼は語気鋭く言った。「あんたたちがぼくを陰で笑い者にしようが、重要なことから締め出そうが構わない。だが今、話があるんだから、来てくれないか」

「わかった――わかったよ」

新企画のメンバーを目にすると、ル・ヴィーニュはまゆを吊り上げたが、なにも言わなかった――目を床にやり、口に指を当てて、肘掛いすに坐り手足をのばした。

シェイヴァー氏はデスクへ行き、何ヶ月も考えてきたことを話した。核心まで練り上げた彼の抗議はこうだった。「あなたはぼくになにもやらせようとしないが、なんとしてでも、ぼくはやりとげるつもりですよ」そしてジェフ・マンフレッドに向かって合図をおくった――ジェフは台本を開き、読み上げた。

一時間かかった。ル・ヴィーニュはあいかわらず何も言わず、微動だにせず坐っていた。

「どうだ」勝ち誇ったようにシェイヴァーが言った。「異論がなければ、この案に予算をつけて進めたい。仲間の期待に応えるつもりだ」

ようやくル・ヴィーニュが口を開いた。

「ミス・スターハイム、君は気にいったのかね？」

「すばらしいと思います」

「いったい何語で演じるつもりだい」

皆が驚いたことに、ミス・スターハイムは立ち上がった。

「もう行かなければなりません」彼女はかすかに印象に残るアクセントで言った。

「坐って質問に答えたまえ」ル・ヴィーニュが言った。「何語で演じるつもりなんだ」

ミス・スターハイムは、今にも泣きだしそうな顔になった。

「わたし、よい《グーテ》先生、もつ《ハッテ》、わたし《イッヒ》、そのとき《ダン》、この役、うまくえんじる《シュピーレン》、できる」彼女は口ごもった。

「だが台本は気にいったんだね」

彼女はためらった。

「すばらしいと思います」

ル・ヴィーニュは皆のほうを向いた。

「ミス・スターハイムはここにきて八ヶ月だ」彼は言った。「三人の先生についた。この二週間で状況が変わったなら話は別だが、彼女が話せるのはたったの三つだ。『はじめまして』『すばらしいと思います』『もう行かなければなりません』。ミス・スターハイムはでくのぼうだとわかってしまった――でくのぼうの意味がわからないわけだから、彼女を侮辱したことにはならないだろう。とにかく――これが君らのスターというわけさ」

彼はワゴナーの方を向いたが、ダッチはすでに逃げようとして立ち上がっていた。

「言わないでくれ、カール……」ダッチは言った。

「言わせてるのは、お前の方じゃないか」ル・ヴィーニュが言った。「酔っ払いならある程度は信じるさ。でもヤク中は絶対に信用しない」

ル・ヴィーニュはハーモン・シェイヴァーの方を向いた。

「ダッチはここ四本の映画で、それぞれ一週間はよくやっている。今は大丈夫だとしても、行きづまってくると白い粉に手を出すからな。さあ、ダッチ！　後悔するようなことはなにも言うな。将来を期待してここにおいてやっているんだぞ――だが一年間は大丈夫という診断書がない限り、撮影の仕事はさせない」

再び彼はハーモンの方を向いた。

「これが君の監督だよ。君の指南役であるジェフ・マンフレッドがここにいるただひとつの理由……それは彼がベーラーの奥さんのいとこだからだ。悪く言うつもりはないが、彼はサイレント映画時代の人間だ……ちょうど……」彼の目は震えながらうなだれている男に向けられた。

「……パット・ホビーのようにな」

「どういう意味ですか?」ジェフが尋ねた。

「ホビーを信用してたんだろう?　それで全部分かるじゃないか」彼はシェイヴァーの方を振り返った。「ジェフはめそめそ泣いて、いろいろ望んで夢ばかり見ている。シェイヴァーさん、あなたは不良建築資材を大量に買ってしまったんだよ」

「いや、わたしはいい原案を買ったんだ」シェイヴァーが言い訳するように言った。

「ああ、その通りだ。あの話は映画にしよう」

「なかなかのものだと思わないか?」シェイヴァーは訊いた。「本当のことはなにも教えてもらえないで、いったいどうやったらワゴナーさんやミス・スターハイムについて知れたっていうんだ?　でも、いい台本であることはわかりますよ」

「ああ」上の空でル・ヴィーニュが言った。彼は立ち上がった。「そうだな……あれはいい話だ……パット、わたしのオフィスに一緒に来てくれ」

ル・ヴィーニュはもう部屋を出ようとしていた。パットは助けを求めるかの苦悶のまなざしを、シェイヴァーに向けた。それから力なく、ル・ヴィーニュのあとに続いた。

「坐りたまえ、パット」

「エリックのやつはなかなか才能があるよな?」ル・ヴィーニュが言った。「成功するだろうな。どうやって見つけたんだ」

パットは電気椅子のベルトがじわじわ締まっていくのを感じた。

「ああ――ただ、見つけたんですよ。彼が――オフィスに来まして」

「彼を正式に雇うつもりだ」ル・ヴィーニュが言った。「ああいった青年にチャンスを与える制度を持たないとならん」

彼は受話器を取ると、さっとパットの方を振り向いた。

「それにしてもいったい、どうしてまた、シェイヴァーのやつなんかとかかわったものかね。パット――君のようなベテランがね」

「いや、ぼくの見立てでは――」

「なぜあいつは東海岸に戻らないんだ?」うんざりした様子でル・ヴィーニュが続けた。「お前らを散々ひっかきまわしやがって!」

パットの血管に再び血がめぐり出した。これで助かるかもしれないと思った。

「原案を見つけ出したのは、このぼくですよ、ね」彼は、半ば誇らしげに言った。そして言葉を継いだ。「どうしておわかりになったんですか?」

「エステルを見舞おうと病院に行った。ちょうどあの青年と台本を書いてたんだよ。二人の仕事を邪魔しちまったってわけさ」

「そうでしたか」パットは言った。

「エリックの顔は知っていたからな。いいか、パット、白状しろ――ジェフ・マンフレッドは君が書いたと思ったのか――それとも、やつもお前とグルだったのか」

「やれやれ」パットは嘆いた。「どうして答えなきゃならないんです？」

ル・ヴィーニュは身を乗り出してパットを睨みつけた。

「パット、おまえは落とし穴の上に坐っているんだぞ！」残酷なまなざしで彼は言った。「床がどんなふうに開くか知っているか？　ボタンを押すだけでおまえは地獄に落ちるんだ！　さあ、話す気になったか？」

パットは立ち上がり、じっと足元を見つめた。

「わかった、言いますよ！」彼は叫んだ。ル・ヴィーニュの言葉を真に受けた――そういうこともあり得ると思った。

「よし」ル・ヴィーニュは、語気を緩めてそう言った。「そこの棚にウィスキーがある。さっさと話せば週二五〇ドルであとひと月契約を結んでやろう。おまえにうろちょろされるのも悪くない」

訳註

＊1　メーベル・ノーマンド（1882-1930）米国女優、映画監督。一九一〇年代のサイレント映画を代表するアメリカ映画最初のコメディエンヌ。『メーベルの窮境』（一九一四）をはじめ、チャップリンと喜劇短篇映画で共演。

＊2　バーバラ・ラマー（1896-1926）米国映画女優、脚本家。脚本家から女優デビューし、『ナット』（一九二一）や『三銃士』（一九二〇）で人気を不動に。薬物やアルコール中毒で若くして引退。

＊3　南カリフォルニア大学のスポーツチームのこと。

（肥留川尚子 訳）

愛国短篇映画

パット・ホビーが、脚本家としても男としてもハリウッドで大いなる成功を収めていたのは、アーヴィン・コッブ*1言うところの「モザイク細工の自家用プール時代」――車のクラッチレバーのかわりに聖セバスチャンの頸骨《けいこつ》を用いるはめになる時代の直前――のことである。

もちろんコッブの言葉は大げさだ。というのも、サイレント映画黄金時代におけるパットのプールは、どこもかしこもセメント製だったからだ。もっとも、ひび割れだらけで、水はそこから土の中へ漏れっぱなしだったが。

「ともかくあれはプールだった」十年以上経ったある日の午後、パットは自分に言い聞かせるように言った。

今となっては、プロデューサーのバーナーズからもらったつまらない仕事――報酬わずか週二五〇ドル――でも感謝感激なのであるが。そんな横暴な上層部といえども、あの頃の思い出を消し去ることはできやしない。

パットはちゃちな短篇映画に関わるため、スタジオに呼ばれていた。南北戦争で南部のために戦い、のちに米西戦争に従軍したフィッツヒュー・リー将軍[*2]の生涯をもとにした映画だ——これなら北部、南部のどちらの機嫌も損ねることはない。そこで最近の会議で、パットはよかれと思って、こう言った。

「ぼくの考えはこうです……」彼はジャック・バーナーズに提案した。「ユダヤ的な要素を取り入れるのもいいんじゃないかと」

「どういうことだ?」即座にジャック・バーナーズは言い返した。

「つまりですね——もろもろ考慮すると、なかにはユダヤ人も何人かいたと知ってもらうのも、いいんじゃないかと思いまして」

「なんの中にいたって?」

「南北戦争ですよ」自分の乏しい歴史知識をあわてて確認した。「いましたよね?」

「そりゃそうだろう」いくぶん苛立ちながらバーナーズが言った。「クエーカー教徒以外はいただろうな」

「どうです、フィッツヒュー・リー将軍が、ユダヤ人の娘と恋に落ちるっていう筋にしてみるのは。将軍は晩鐘の時刻に撃たれることになっています、そこで娘が教会の鐘綱をつかみ——」

ジャック・バーナーズは身を乗り出してパットを睨みつけた。

「おい、パット、この仕事がほしくないのか? 筋書きはもう言っただろうが。初稿のシナリオはもうあるんだ。そんな戯言を考えついておれが喜ぶと思っているようなら、とんだ勘違いだ」

これが、かつてプールを所有していた男に対する口のきき方か。モザイク細工の自家用プール時代と語り継がれることになるプールを――。

パットが短篇部に入っていくとき、だいぶ前に手放したプールにたまたま思い至ったのは、かくのごとき事情であった。彼は十年以上も前のある日のことを、こと細かに思い出していた。制服を着たフィリピン人が運転する車に乗り、スタジオに到着。入口では警備員が最敬礼し、車のままスタジオに入るのを認めてくれる。これもまただいぶ前に失った、秘書室つきオフィスへ上がっていく。これぞ映画監督向けのオフィス……。

楽しい空想は、短篇部の責任者ベン・ブラウンの声によってかき消された。彼はパットを自分のオフィスに招き入れた。

「ジャック・バーナーズから電話があった」彼は言った。「新しい切り口はいらないんだよ、パット。いいストーリーがすでにあるんだから。フィッツヒュー・リーは勇猛果敢な騎兵隊長だった。ロバート・E・リー[*3]の甥っ子で、おれたちはアポマトックス[*4]におけるフィッツヒュー・リーを描きたいんだ。敗戦での失意やらなにやらをな。そこから和解していくありさまを見せるんだ――ヴァージニアにはリーって名前の連中が多いから気をつけないといけないだろう――そして、マッキンリー大統領[*5]からのアメリカ合衆国軍総司令官任命を快諾するくだりを見せてだな――」

パットの心は再び過去へと遡っていった。大統領――それは何年も昔、あの日の朝、あたりを飛び交っていた魔法の言葉。アメリカ合衆国大統領が撮影所を訪問することになっていた。誰もがそわそわと落ち着かない様子だった。大統領の訪問はかつて一度もなかったので、映画界における新たな時代の幕開けに思われたのだ。重役はみな正装をした――当時、あのビバリーヒルズの家の窓から（この家ももうだいぶ前に手放した）、隣に住むマランダ氏が九時に燕尾服を着てバタバタしているのを見たので、なにかあるぞとパットは予感した。はじめは牧師でも来るのかと思ったが、スタジオに着く頃には、大統領本人であるとわかった……。

「スペイン軍の部分を仕上げてくれ」ベン・ブラウンが言った。「そこを書いた男はアカで、スペイン軍将校たちをすっかりダメにしちまっている。それをどうにかしろ」

割り当てられたオフィスで、パットは『二つの国旗に忠実であれ』の台本に目を通した。冒頭のシーンで騎兵隊率いるフィッツヒュー・リー将軍は、自軍がピーターズバーグから撤退したとの知らせを受ける。台本では、この報告を受けたリー将軍が台詞なしの演技で、その衝撃を表現することになっていた。だがパットは、たった週二五〇ドルで雇われているにすぎない——そこで、知ったことかとお気に入りの台詞を書きこんでやった。

リー：（将校に向かって）おい、なにをぼけーとつっ立っているんだ？　なんとかしろ！
シーン6　ミディアムショット。将校たちは互いの背中を叩き、励まし合う。
場面はフェードアウトし、次の場面に移る。

どこへ場面転換するか？　再びパットの心は過去の栄光のワンシーンへと移っていった。一九二〇年代の、ある幸せな日のことである。正午ごろ、パットの家の電話が鳴る。マランダ氏からだ。

「パット、大統領のために昼食会を設けることになってるんだ。ダグ・フェアバンクス[*6]が来られなくなって、それで席が空いた。どうしても誰か脚本家を呼んだほうがよいと思ってな」

パットはその日の昼食会を思い出すと胸が高鳴った。大統領は映画についていくつか質問し、冗談を言った。パットは他の人たちと一緒に笑いに笑った――みんな信頼できる男たちだ――裕福で、幸福で、成功している男たち。

その後、大統領は現場に行き、撮影シーンを見学することになっていた。さらにそのあと、人気女優たちとのお茶会でマランダ氏の家に向かうことになっていた。お茶会には招かれていなかったが、ともかくパットは早めに帰宅した。車がぞくぞくとやって来るのがベランダから見えた。後部座席には大統領とマランダ氏が並んで坐っていた。ああ、あのころぼくは映画を誇りに思っていた――映画界におけるぼくの地位を――ぼくの生まれた幸福な国の大統領のことを……。

現実にもどると、パットは『二つの国旗に忠実であれ』の台本に目を落とし、ゆっくり、考えながら書き記した。

場面挿入：はっきりと月日が書かれたカレンダー――冷たい風がカレンダーを一枚いちまい吹き飛ばし、フィッツヒュー・リーが年老いていくのを示す。

仕事をしたので喉が渇いた――ほしいのは水じゃない。が、仕事の初日に酒を飲むほど馬鹿じゃない。彼は立ち上がってホールを歩いて冷水器《ウォーター・クーラー》に行った。歩きながら再び彼は、こっそりと思い出のなかに滑り込んでいった。

すばらしいカリフォルニアの午後だった。マランダ氏は、高貴な客人とスターの一団を自身の庭に招いていた。その庭はパットの家の庭につながっていた。パットは裏門から出て、姿を隠して低い生垣づたいに歩いていった——すると突如、大統領臨席のパーティに出た。

大統領は微笑みうなずく。マランダ氏も微笑みうなずく。

「ホビーとは昼食の席で一緒でした」マランダ氏が大統領に向かって言った。「わたしどもの脚本家のひとりです」

「ああ、そう」大統領が言った。「シナリオを書いているんですね」

「左様でございます」パットが言った。

大統領はパットの家の敷地をさっと見渡した。

「わたしが思うに——」大統領は言った。「あの素晴らしいプールサイドに坐りながら、たくさんの着想を得るのだろうね」

「はい」パットは答えた。「そのとおりです」

……パットはコップにウォーター・クーラーの水を満たした。ホールの向こうから人々が近づいてきた——ジャック・バーナーズ、ベン・ブラウン、数名の重役たち。女性と一緒で、とてもうやうやしく接していた。見覚えのある顔だ——今年、大ブレイクの娘だ。セクシー《イット・ガール》*7女優だ。あの、お色気女優だ。美人スターだ。あらゆる映画会社から引っ張りだこの、あの女優。

パットはわざとゆっくり水を飲んだ。これまで何人ものインチキくさい女優が、ブレイクしては消えていくのを見てきたが、この娘は本物だ。この国の誰もが彼女に夢中になる。彼は鼓動の高鳴りを感じた。いよいよ彼らが近づいてくると、パットはコップを置き、頭髪を手でなでつけ、通路のほうへ歩み出た。

女の子がパットを見た――パットも彼女を見た。彼女はジャック・バーナーズの腕をとり、もう一方でベン・ブラウンの腕をとった。突然、自分の方に来るような気がしたので、パットは壁へ後ずさるしかなかった。

振り返りざまに、ジャック・バーナーズが「やあ、パット」と声をかけた。他の連中も何人かパットをちらっと見たが、声をかける者はなかった。誰もがみな女優に心奪われていた。

オフィスに戻るとパットは、マッキンリー大統領がフィッツヒュー・リーに合衆国軍の総司令官就任を申し出るシーンに目を落とした。彼はとつぜん歯を食いしばると、ペンをぐいと握り、こう書いた。

リー：大統領、あんたが総司令官になって、そのまま地獄に行きゃいい。

それからパットは机に突っ伏した。自家用プールがあったあの幸福な日々を思い、肩をふるわせながら。

訳註

＊1　アーヴィン・コッブ（1876-1944）米国のジャーナリスト、小説家、脚本家。映画では一九二〇～三〇年代に『プリースト判事』などの原作を提供のほか、脚本執筆、ときに俳優としても出演。
＊2　フィッツヒュー・リー将軍（1835-1905）米国の軍人。南北戦争で南軍の騎兵隊長として勲功をあげる。戦後、ヴァージニア州知事をつとめ、米西戦争では志願兵を率いた。
＊3　ロバート・E・リー（1807-70）米国の軍人。南北戦争時の南軍の総指令官。
＊4　米国ヴァージニア州中部の町。この近くの村でリー将軍率いる南軍が、グラント将軍率いる北軍に降伏し、事実上南北戦争が終結した。
＊5　ウィリアム・マッキンリー（1843-1901）アメリカ第二五代大統領、共和党。暗殺された。
＊6　ダグ・フェアバンクス（1883-1939）米国の映画俳優、脚本家、映画監督。『怪傑ゾロ』（一九二〇）、『三銃士』（一九二〇）などのアクション映画で一世を風靡。G・W・グリフィス、チャップリンらと映画会社を設立、アカデミー初代会長に就任するなど、アメリカ映画を代表する存在。
＊7　一九二七年のお色気コメディ無声映画『あれ』（*It*　監督クラレンス・バジャー）でデパート下着売場の店員を演じ、一躍セックス・シンボルとなったクララ・ボウが「イット・ガール」と呼ばれた。転じてそのような女優のこと。

（肥留川尚子 訳）

パット・ホビーを追え

I

その日は朝からどんよりと暗かった。カリフォルニア特有の霧があたり一帯にたれ込めていた。パットは帽子もかぶらず、霧に急き立てられるように急ぎ足でハリウッドに向かっていた。行き先は身を隠す場所、撮影所だ。仕事にあぶれていたものの、スタジオはこの二十年、わが家同然だ。

警備員がまじまじとパットと入構証を見た。気のせいだろうか？　帽子をかぶっていないから か――ハリウッドには無帽の男はいっぱいいる。だが今日は、薄くなった白髪まじりの髪を整える暇がなかったものだから、目立っている気がした。

パットは脚本家棟のトイレに入った。そこで思いだした。鏡は一年前に上層部の鶴の一声で撤去されたんだ。ビー・マクイルヴェインのオフィスのドアが開いていた。ホール越しに彼女のふくよかな姿が見えた。

「ビー、ちょっと手鏡を貸してくれないかな?」パットは声をかけた。

ビーは訝しげに相手を見たが、顔をしかめつつもハンドバッグから鏡をとり出した。

「映画、撮ってるの?」彼女は訊いた。

「来週、撮ることになるだろうね」パットは預言めいた言い方をした。手鏡をビーの机に据えると、櫛を手に鏡をのぞきこんだ。「トイレに鏡を戻してくれないものかね、お偉方は。脚本家が四六時中、自分に見惚れるとでも思っているのかな」

「寝椅子が撤去されたときのことおぼえてる?」ビーが言った。「一九三二年よ。三四年には元通り」

「あのころは家で仕事していたな」パットはしみじみと言った。

カネを貸してくれないかな、鏡がいらなくなると、ふと思った――帽子や食べ物を買えるだけのカネを。ビーはパットの願いを目から読み取ったにちがいない。先手を打ってきたからだ。

「お金はぜんぶフィンが持っていったわ」彼女は言った。「仕事のことが気がかりで。わたしの台本の映画がスタートするか棚上げになるか、明日決まるの。タイトルもまだ決まってなくて」

彼女は脚本部からまわってきた謄写版《ガリ》刷りのチラシを渡した。パットは見出しをさっと見た。

各部署へ
タイトル募集――賞金五〇ドル
本篇のあらすじは以下のとおり

「五〇ドル手に入る」パットは言った。「どんな話なんだ?」

「そこに書いてある通りよ。旅行者向けのモーテルで起こった馬鹿げた話」

パットはぎくっとして、困り果てた表情でビーを見た。警備つきの門の内側に一歩入れば、安全なものとばかり思っていた。が、噂が広まるのは早い。これは好意的な警告か、さもなければ……。逃げなくては。帽子もない我が身を休める場所はどこにもない、いまや追われる身だ。

「なにも思いつかないな」そう、もごもご言って、足早に部屋から出た。

II

食堂の入口のところで、パットはきょろきょろあたりを見まわした。人の目といえばタバコ売場に女の子がひとり。他人の帽子を拝借するとなるとハードルが高い。ちらっと見ただけで、サイズを判断するのはむずかしい。とはいえ、手荷物預かり所で帽子をあれやこれや手にとり、ためしにかぶったりすれば大いに怪しい。

好みの問題もあった。パットは華やかな羽のついた緑色のフェドーラ*1に惹かれたが、これは簡単に盗んだことがバレそう。野外用の美しい白のステットソン*2も同様だろう。結局、がっしりした灰色のホンブルク*3に決めた。お役にたちますよ、と言っているようだ。震える手で、その帽子をかぶる。ピッタリ。彼は食堂をあとにした——びくびくと、あせりながらも、ゆっくりゆっくりと。

それからの一時間、出会った人でモーテルについて触れた者はおらず、パットはいくらか自信をとりもどした。あれは実に不毛な三ヶ月だった。「セレクト・モーテル」での夜間フロント係の仕事は、パットにとってあくまでも臨時のアルバイトであって、友人には絶対に知られてはならない。しかし今朝、警察が来た。ずいぶんと捜査が長引いたので、自称ドン・スミスことパット・ホビーは、これは絶対に証言させられるぞと判断した。逃亡物語はメロドラマさながらだった。裏口から脱出するや、とにかく欲しかった酒を半パイント、街角のドラッグストアで手に入れ、交通整理の警察を見るや、ことさらゆっくりと歩き、ヒッチハイクでロサンゼルスを横断。スタジオの仰々しい看板を見たときは思わずほっとした。

かつて大いに目をかけてやっていたスタジオの脚本編集係のルーイを訪ねたあと、パットはジャック・バーナーズをひょっこり訪ねた。台本のアイディアはなかったが、プロデューサーの会議に急いでいるジャックを引きとめた。思いもかけず部屋に招かれ、ジャックの帰りを待つことになった。

ジャックのオフィスは豪華で、居心地がいい。机の上に手紙があったが、読む価値がありそうなものはなかった。戸棚にデカンタとグラスがあった。やがて彼はふわふわした大きな寝椅子に横になり眠りに落ちた。と、そこに激昂したバーナーズが戻ってきて、パットは目を覚ました。

「まったく、馬鹿ばかしいにもほどがある！　緊急呼び出しだぞ——すべての部署長を、だ。遅れたやつがいて、それをみんなで待つ。来たかと思ったら、そいつは何千ドル分の時間を無駄にしたとわめき散らす。で、なにごとかと思うだろ。マーカスさんがお気に入りの帽子をなくしちまったんだと！」

パットはその事実を自分に結びつけられなかった。「すべての部署長が制作をストップ。二千もの人間が、灰色のホンブルクを探しまわるときた！」バーナーズは絶望したように、深々と椅子に腰かけた。「話は今度にしてくれ、パット。四時までに、モーテルについての映画のタイトルを決めなければならないんだ。なにかアイディアあるか？」

「いえ」パットは言った。「いいえ」

「それなら、ビー・マクイルヴェインのオフィスに行って、タイトルを決めるのを助けてやってくれ。五〇ドルの賞金付きだぞ」

パットは上の空でドアの方へふらふらと向かった。

「おいおい」バーナーズが言った。「帽子を忘れるなよ」

III

パットはビー・マクイルヴェインのオフィスでぐったりと坐りこんでいた。一日中逃げまわったうえに、バーナーズのブランデーをたっぷり飲んだので、すっかり酔いがまわっていた。

「タイトルを考えなくちゃ」ビーが憂鬱そうに言った。

彼女はパットに賞金五〇ドルの謄写版《ガリ》刷りチラシを渡すと、彼の手に鉛筆を握らせた。パットはチラシをにらむように見たが読んではいなかった。

「どう?」彼女は言った。「なにかタイトル、思いついた?」

しばしの沈黙がながれた。

「『テスト・パイロット』[*4]は、もう使われてたかな?」彼は言った。

「冗談やめて! これはパイロットの話じゃないのよ」

「いやあ、いいタイトルだなと思っただけだよ」

「『国民の創生』[*5]も使えないわよ」

「この映画にはだめか」パットはつぶやいた。「まあ、『国民の創生』はこの映画にしっくりこないだろうな」

「からかってるの?」ビーは問い質した。「それとも、ふざけてるの? 真剣なのよ」

「もちろん――わかってる」彼はページの下のところに力なく書きなぐった。「ちょっと酔っぱらっているだけさ。一分もすれば頭が冴えてくる。考えてるんだよ、これまでに一番ヒットしたタイトルが何であったか。問題はすでにどれも採用済みってことさ。『或る夜の出来事』[*6]みたいにね」

ビーは不安げにパットを見た。彼は目を開けているのがやっとだった。自分のオフィスでパットに眠り込まれるのは困る。一分後、彼女はジャック・バーナーズに電話をかけた。

「こちらに来ていただけませんか？　いくつかタイトル案があります」

ジャックが到着した。スタジオ内のあちこちからアイディアが寄せられていたが、よい案を探し出せてはいなかった。

「どうだ、パット。案はあるか？」

パットは考え込んだ。

「『或る朝の出来事』はどうかな」彼は言った——それからやけになって謄写版《ガリ》のなぐり書きに視線を落とした。「それか——『グランド・モーテル』」

バーナーズがにっこりと微笑んだ。

「『グランド・モーテル』」彼は繰り返した。「こりゃあいい！　なかなかいいじゃないか。『グランド・モーテル』」

「『グランド・ホテル』[*7]と言ったんですが」

「いいや、そうじゃない。『グランド・モーテル』って言ったぞ——おれの考えでは、五〇ドルは君のものだ」

「どこかで横にならないと」パットは言った。「気持ちが悪い」

「向こう側に空いているオフィスがあるぞ。面白いアイディアだぞ、パット。『グランド・モーテル』——あるいは『モーテル・フロント係《クラーク》』。いいと思わないか」

パットが逃げるように立ち去ろうとすると、ビーが彼の手に帽子を押し付けた。

「さすが、年の功ね」

パットはマーカス氏の帽子を手にとると、それをスープの入ったボウルさながら持って立っていた。

「だいぶ――よく――なった」少しすると、パットはもごもご言った。「賞金をもらいに、また来るよ」

その責任重大な荷物を手に、彼はトイレの方へよろよろ歩いて行った。

訳註

＊1 フェルトの中折れ帽。

＊2 縁の広いフェルト帽、カウボーイハット。

＊3 狭いつばが両側でややそり上がり山の中央がへこんだ男性用のフェルト帽。

＊4 『テスト・パイロット』（*Test Pilot* 監督ヴィクター・フレミング、一九三八）。

＊5 『国民の創生』（*The Birth of a Nation* 監督W・D・グリフィス、一九一五）。リリアン・ギッシュ主演。

＊6 『或る夜の出来事』（*It Happened One Night* 監督フランク・キャプラ、一九三四）。

＊7 『グランド・ホテル』（*Grand Hotel* 監督エドマンド・グールディング、一九三二）。グレタ・ガルボ主演。アカデミー作品賞受賞。

（肥留川尚子 訳）

画家のアトリエでのお楽しみ

I

これは今から少し前の一九三八年の話だ。当時ヨーロッパで、ドイツ軍がすでに勝利をかちとっていたことを知る者は、ドイツ人のほかはほとんどなかった。人々はまだ芸術に関心を持ち、古着からオレンジの皮に至るあらゆるものから、芸術作品を創り出そうとしていた。そのような次第で、プリンセス・ディナーニがパットに目をつけたのである。彼女は彼を題材にして作品を創りたいと思った。

「いいえ、あなたじゃないの、デティンクさん」彼女は言った。「あなたを描くなんてできないわ。あなたはまともな方でいらっしゃいますもの」

デティンク氏は映画界の実力者であり、隠れた恋の達人であるダッチマン氏と並んで写真に収まったこともあったほどだが、ここではすんなり身を引いた。腹を立てたわけではない――これまでの人生でデティンク氏が腹を立てたことは一度もない――今回はとくになんとも思わなかった。というのもプリンセスはクラーク・ゲーブル[*1]やスペンサー・ルーニー[*2]やヴィヴィアン・リー[*3]を描きたいわけではなかったからだ。

　彼女はスタジオの食堂でパットを見かけて、彼が脚本家だと知ると、デティンク氏のパーティに招ばれているかと訊いた。プリンセスはマサチューセッツ州ボストン生まれの美女であり、かたやパットは目が赤く血走った、息が微かに酒臭い四十九歳の中年男だ。

「ホビーさんはシナリオを書いていらっしゃるのね？」

「協力しています」パットは言った。「シナリオはひとりで書くわけではありませんからね」

　彼はこんなふうに関心を持たれたのが嬉しくもあったし、かなり疑わしい気持ちにもなった。たまたま仕事にありつけたのは、彼の雇い主が神経衰弱になっていたからだった。一週間前、雇い主はパットを雇ったことをすっかり忘れてしまっていた。というわけでパットが食堂で目をつけられて、デティンク氏の家に来るように言われたまさにそのときに、脚本家は不愉快な思いをしていたのだった。パーティはパットが自分の全盛期に知っていたものとは程遠かった。階下のトイレで酔っ払いがへべれけになっているようなこともなかった。

「シナリオを書く仕事は、お給料がよろしいのでしょうね」プリンセスが言った。

　パットは盗み聞きをしているやつがいないか、あたりにさっと目を走らせた。デティンク氏はその巨体を少し縮めてはいたが、片方の目だけはパットを睨んで光っているようだった。

「たくさん頂いています」パットはそう言ってから――声を落として付け加えた――「おわかりになるでしょう」

プリンセスにはわかったようで、彼女も声を落とした。

「脚本家は、お仕事いただくのがたいへんってことなのね?」

彼はうなずいた。

「組合《ユニオン》とやらに入っている連中が大勢いますがね」彼はデティンク氏に聞こえるように、やや声を大きくして言った。「彼らはアカなのです、おおかたの脚本家はね」

プリンセスはうなずいた。

「顔をすこし明かりのほうに向けていただけないこと?」彼女は丁寧に頼んだ。「そう、それで結構よ。明日わたしのアトリエにおいでいただけないかしら? 一時間ばかりわたしのためにポーズをとっていただくだけです」

パットは彼女の顔をまじまじと見た。

「脱ぐのですか?」おそるおそる訊いた。

「あら、違いますわ」彼女はきっぱりと言った。「顔だけですわ」

デティンク氏が近づいてきてうなずいた。

「行くべきだよ。プリンセス・ディナーニはここの大スターを何人か描くことになっている。ジャック・ベニー[*4]とか、ベビー・サンデー[*5]とか、ヘディー・ラマール[*6]とか——そうですよね、プリンセス?」

画家は返事をしなかった。彼女はかなり腕のいい肖像画家で、腕がいいことと肖像画家と言われていることだけはわかっていた。彼女は何通りかある自分の様式のどれでいくか迷っていた

——ボルディーニ風[7]に派手にしたピカソのバラ色の時代を採るか、あるいはひたすらレジナルド・マーシュ風[8]でいくかと。しかし彼女は、その様式をなんと称したらいいかはわかっていた。〝ハリウッド・アンド・ヴァイン〟〔ハリウッドの有名レストラン〕とするつもりだった。

II

着衣のままでいいと言われてほっとしたのだが、パットは不安な気持ちで待ち合わせ場所に向かっていた。多感な若い頃、箱の中で二ダースものカードが、次々と入れ替わっていくのが見える装置を、覗き穴から見たことがあった。そこで繰り広げられたお話は「画家のアトリエでのお楽しみ」という題がついていた。合法的都市事業であるそのストリップショーをいまだにおぼえていることに、いささかショックを受けた。そんなわけで翌日、ビバリーヒルズ・ホテルにあるプリンセスのバンガローに出向いたとき、彼女がトルコタオルを体に巻いて彼を出迎えたとしても驚かなかっただろう。彼はがっかりした。彼女はスモックを着て、黒い髪を男っぽく後ろに撫でつけていたのだから。

来る途中、彼は寄り道をして一、二杯ひっかけていたが、彼が発した最初の台詞は「お元気かな、奥方」というもので、その場にふさわしい陽気な調子に欠けていた。

「そのう、ホビーさん」彼女は冷ややかに答えた。「わたしのために時間を割いてくださって、ありがとうございます」

「いやいや、ハリウッドではたいして働いていませんから」彼はそう言って安心させた。「なにごとも『マニャーナ』ですからね――スペイン語で明日という意味ですよ」

彼女は直ちにパットを裏手のアパートメントに案内した。そこにはすでに四角いキャンヴァスを乗せたイーゼルが窓際に立ててあった。ソファがあり二人はそこに坐った。

「しばらく、あなたに慣れておきたいのです」彼女はそう言った。「これまでにモデルとしてポーズをとったこと、おありですの？」

「そんなふうに見えますか？」彼女がウィンクをして、にっこりすると、彼はすっかり気をよくして言った。「なにか飲み物をいただけませんか？」

プリンセスはためらった。酒を飲みたくてたまらないという彼を描きたかったからだ。彼女はとりあえず譲歩して冷蔵庫に行き、小ぶりのグラスにハイボールを作った。戻ってみると彼は上着を脱ぎネクタイをはずして、ソファにだらしなく横たわっていた。

「そのほうがいいわね」プリンセスは言った。「あなたのそのシャツのことよ。ハリウッド向けに作っているのでしょうね――セイロンとかグアテマラなどに向けた特別のプリントみたいに。さあ、これをいただいたら仕事に取りかかりましょう」

「あなたも一杯やって、和気あいあいといきましょう」パットが持ちかけた。

「わたしのは、あちらにありますから」彼女は嘘をついた。

「結婚しておいでですか？」彼は訊いた。

「結婚はしてますわ。さあ、こちらのスツールに坐っていただけませんこと?」

パットはしぶしぶ立ち上がり、ハイボールを飲み干してその薄い味にがっくりしながら、スツールに移った。「さあ、動かないでくださいね」彼女は言った。

彼女が描いている間、パットは黙って坐っていた。三時だった。サンタ・アニタ競馬場では第三レースが始まっていて、彼は一着に賭けて一〇ドル稼ぐ。それでスタジオの脚本編集係のルーイに借りた金は六〇ドルとなる。毎週木曜には、ルーイは支払い窓口に並ぶパットにしっかり張りつくのだ。イーゼルの下から見えているこの女の脚はきれいだな——赤い唇は気に入ったし、せっせと動く腕ときたら。昔なら、同じオフィスにいる秘書はともかく、二十五歳より上の女性には目もくれなかった。だが今は、そこらをうろついている若い子たちはいつもお高くとまっていて、警察を呼ぶわよ——とくる。

「ホビーさん、じっとしていてくださいね」

「休憩しませんか?」彼が提案した。「そんなに根をつめたら、のどが渇くでしょう?」

プリンセスは三〇分描き続けていたのだが、手を止めてまじまじとホビーを見た。「ホビーさん、あなたはデティンクさんからお借りした方です。スタジオのお仕事と同じようにしていただけませんこと?　あと三〇分で終わらせるつもりですからね」

「そうしたら、わたしはなにをいただけるのですか?」彼は尋ねた。「わたしはモデルではありません——脚本家です」

「スタジオでのあなたのお給料は出ますわ」彼女はそう言って作業を再開した。「デティンクさんがあなたにこちらで仕事をしてもらいたいと思ったとしても、問題ありませんでしょ」

「それは違いますよ。あなたは女性です。わたしには自尊心というものがあります」

「わたしにどうして欲しいのです――あなたといちゃいちゃするとか？」

「いやあ――そんなの古いですよ。でも、ちょっと坐って一杯やったらどうかって、思ったもので」

「もう少ししたらね」彼女はそう言って続けた。「スタジオのお仕事よりきついですか？　そんなにわたしのことを見ているのってたいへんですかしら」

「あなたを見ているのは構わないのですがね。でも、なんでソファに坐ったらいけないのですか？」

「スタジオでは、ソファに坐っているわけではないでしょう」

「坐りますとも。いいですか、あなたは脚本家のいるビルのドアというドアを開けようとしたとします。ほとんどのドアに鍵がかかっているとわかるでしょう。それを忘れてはいけません」

彼女は後ずさりして目を細めパットの顔を見た。

「鍵がかかっているのですか。邪魔が入らないように？」そう言って絵筆を置いた。「飲み物を取ってきましょう」

彼女は戻ってくると戸口で立ち止まった――パットがシャツを脱いで部屋の真ん中に立ち、おずおずとシャツを差し出していたのだ。

「さあ、問題のシャツです。差し上げますよ。たくさん買えるところを知っていますから」

彼女はしばらく彼をじっと見ていた。それからシャツを受け取るとソファに置いた。

「坐って描き終わらさせてください」彼女は言った。彼がまだもじもじしているので、さらに言った。「それから一杯やりましょうね」

「それはいつですか?」

「一五分後」

彼女はすばやく作業をした——顔の下半分については満足げに何度かうなずく——何度か考え込んでは再びとりかかる。彼女がスタジオの食堂で見たものが失われていた。

「画家になって長いのですか?」パットが訊いた。

「何年にもなりますわ」

「いろんな画家のアトリエに行ったことは?」

「たびたびありますわ——自分でもいくつか持っています」

「画家のアトリエには大勢の人が出入りするのでしょうね。あなたはこれまでに——」

彼はためらった。

「これまでになんですの?」彼女が訊いた。

「これまでに男性のヌードを描いたことは?」

「少し黙っていてくださらない?」彼女は絵筆を上げると耳を澄ましているようだったが、すばやくひと塗りして、その成果を自信なげに眺めた。

「あなたは描きにくいのよね。わかっておいでかしら?」彼女は筆を置きながら言った。

「こんなポーズをするのがいやなのですよ」彼は認めた。「今日はここまでにしましょう」彼は立ち上がった。「どうでしょう——あなたも着替えられたらいかがです、もう少し寛げるものにでも?」

プリンセスはにっこり笑った。この話を友人に話すつもりだった——絵にまつわるエピソードになるだろう。絵のできがよければの話だけど、それはどうかしらね、と彼女は思った。

「あなたのやり方は変えたほうがいいわね」彼女は言った。「こんな口説き方でうまくいっているの?」

パットは煙草に火をつけて坐った。

「あなたが十八歳なら、あなたに首ったけという線でいきますけどね」

「どうしてなにかの線が必要なのです?」

「ああ、馬鹿なこと言わないで!」彼は忠告した。「あなたはわたしを描きたかった。そうでしょう?」

「そうですわ」

「いいですか、女が男を描きたいときは——」パットは屈んで靴紐を解き、靴を床に蹴り飛ばして、靴下の足をソファに乗せた。「——女がなにかで男に会いたいと思ったり、男が女に会いたいと思ったりするときには、なにか見返りがある、ですよね」

プリンセスは溜め息をついた。「わたしは嵌められたみたい。でも、女が男の人をただ描きたいだけだとしたら、そのほうが難しいのよね」

「女が男を描きたいときは——」パットは目を半ばつぶり、うなずいて両手を意味ありげにひらひらさせた。彼の親指がいきなりサスペンダーにかかったと見るや、プリンセスは声を張り上げた。

「おまわりさん！」

パットの背後で物音がした。彼が振り向くと、カーキ色の服を着てつやつやした黒い手袋をはめた青年が戸口に立っていた。

「おまわりさん、この方はデティンクさんに雇われているのですが、今日の午後デティンクさんがわたしに貸してくださったのです」

警官はソファの上から睨みつけている罪深き像に目をやった。

「こいつが失礼なことでも？」警官が訊いた。

「訴えるつもりはありませんわ——署にお願いの電話をしたのは万一のためです。この方はヌードでポーズをとってくださることになっていたのに、今になって嫌がるのですよ」彼女はさりげなくイーゼルに歩み寄った。「ホビーさん、こんなお上品ぶったことはやめてくださいね——バスルームにトルコタオルがありますから」

馬鹿みたいにパットは靴に手を伸ばした。どういうわけか彼の頭に、サンタ・アニタ競馬場では第八レースの真最中だと閃いた。

「おい、さっさとやれ」警官が言った。「奥さまのおっしゃったことが聞こえただろう」

パットはぼんやりと立ち上がると、鋭い目つきでプリンセスを睨んだ。

「あなた言ったでしょう――」彼はしわがれ声で言った。「描きたいのは――」

「あなたは、わたしが違うことをするつもりだと言いましたよ。さあ、急いでくださいね。それから、おまわりさん、あちらに飲み物を用意しておきました」

……何分か経って、パットが震えながら部屋の真ん中に坐っているとき、彼の記憶は若かったときに見た覗きからくりに戻っていた――目下の状況に似ていたわけではない。ともかくトルコタオルがありがたかった。ただ、プリンセスの関心は彼の崩れた体にあるのではなく、彼の顔にあるのだとは、いまだ気づいていなかった。

その顔は食堂で彼女を惹きつけた、まさにその表情だった。〝ハリウッド・アンド・ヴァイン〟の表情、デティンク氏の分身――そして彼女は描くために必要な光があるうちにと、せっせと絵筆を走らせた。

訳註
＊1　クラーク・ゲーブル（1901-60）米国の映画俳優。代表作『風とともに去りぬ』（一九三九）。
＊2　スペンサー・ルーニーは、おそらく米国映画俳優スペンサー・トレーシー（1900-67）とミッキー・ルーニー（1920-2014）の名をつなげたものであろう。二人は『少年の町』（一九三八）で共演し、この作品でスペンサー・トレーシーはアカデミー主演男優賞を受賞した。
＊3　ヴィヴィアン・リー（1913-67）英国の舞台、映画女優。代表作はクラーク・ゲーブルとの共演

映画『風とともに去りぬ』(一九三九)。
＊4 ジャック・ベニー(1894-1974)米国のコメディアン。「沈黙の帝王」と呼ばれた。
＊5 ベビー・サンデー(1938-)生後十五ヶ月で映画に初出演、五歳まで子役を続けた。*Bachelor Daddy*(1941)はのちに *Three Men and a Baby* として再映画化された。
＊6 ヘディー・ラマール(1913-)ヨーロッパからアメリカに渡り、ハリウッドで活躍。謎めいた女性の役を得意とした。代表作『春の調べ』(一九三三)。
＊7 ジョヴァンニ・ボルディーニ(1842-1931)イタリアの印象派画家。肖像画家として名声を得た。
＊8 レジナルド・マーシュ(1898-1954)米国の画家。雑誌のイラストレーターとしてニューヨークの人々の生活を描いて人気を博した。

(渡辺育子 訳)

時代遅れの二人

かつてスターの中のスターともてはやされたフィル・マセドンと、脚本家のパット・ホビーが、ビバリーヒルズ・ホテル近くのサンセット通りで衝突事故を起こしたことがあった。明け方五時の出来事で、二人が罵りあっていたあたりには酒の匂いが漂っており、ギャスパー巡査部長が二人を署まで連行した。当年とって四十九歳のパット・ホビーが闘志満々だったのは、二人が昔なじみだったことをフィル・マセドンが認めなかったからだ。

ホビーがうっかり巡査部長のギャスパーに体をぶつけたので、怒ったギャスパーは警部を待っている間、パットを鉄格子のはまった部屋に放り込んでおいた。

フィル・マセドンは年代的にはユージン・オブライエン[*1]とロバート・テイラー[*2]の間にはさまる。現在五十代前半だが、その割にはまだまだ男前で、全盛期の十分な貯えでサン・フェルナンド・ヴァレー[*3]に大農場を購入していた。そして名馬マンノウォー[*4]にもひけを取らない栄光に包まれてそこに身を落ち着け、同じ人生の目的を持って楽しく過ごしていた。

人生はパット・ホビーを違うやり方で遇した。彼は映画界の脚本と広報部門で二十一年間働いてきたところで、一九三三年型の車を運転していて、この事故に遭ったのだ。車は最近〈ノース・ハリウッド・ファイナンス・アンド・ローン社〉の所有物になったばかりだ。遡って一九二八年には、彼は自宅にプールを作ろうかというほどの暮らしをしていた。

彼はマセドンが自分と知り合いであると認めないことに腹を立て、監禁されている部屋から睨みつけていた。

「あんたはコールマンもおぼえていないんだろうな」彼は皮肉たっぷりに言った。「それにコニー・タルマッジ[*5]や、ビル・コーカーや、アラン・ドワン[*6]もな」

マセドンはサイレント映画もかくやのタイミングで煙草に火をつけると、ギャスパー巡査部長に一本勧めた。

「明日、また来るってことにしてもらえないかな？」マセドンは尋ねた。「馬の調教があるものでね――」

「申し訳ありません、マセドンさん」巡査部長は心底すまなそうに言った。彼は昔、この俳優のファンだったのだ。「そろそろ警部が来られるころです。その後はあなたを拘束するつもりはありません」

「形式だけです」パットが留置場から言った。

「そう、形式だけで――」ギャスパー巡査部長はパットを睨みつけた。「あんたには形式もいらんよ。ところで酒気検査のことは知っているだろうな？」

マセドンは煙草をドアの外にはじき飛ばして、もう一本火をつけた。

「二時間ほどで戻ってくるっていうのでは駄目かね？」彼は話を持ちかけた。

「駄目ですね」ギャスパー巡査部長は残念に思いながら言った。「マセドンさん、あなたをお待たせしなければならないので、この機会に、わたしにとってあなたがどんな存在だったかをお話ししたいのです。あなたが出演なさった映画『最後の攻撃』のことです。あれは戦争に行っていた男たちには大きな意味がありましたよ」

「ああ、そうかね」マセドンはそう言って、にっこり笑った。

「よく女房に戦争の話をしてやろうとしました――戦争がどんなものだったか、砲弾や機関銃の戦争のことを――七ヶ月間、ニューイングランド二六部隊にいましてね――でも女房はぜんぜんわかってくれませんでした。わたしに指を突き出して言うのです。『バーン！　あなたは死んだわ』ってね。それでわたしは笑って、女房にわからせるのはやめました」

「おい、ここから出してくれないのか？」パットが訊いた。

「静かにしろ」ギャスパーが猛々しく言った。「たぶんおまえさんは戦争には行ってないんだろうな」

「おれは『撮影所自警団《モーション・ピクチャー・ホーム・ガード》』に入っていたさ。目が悪かったからな」パットは言った。

「こいつの言うことを聞いてくださいよ」ギャスパーは軽蔑するように言った。「兵役忌避をする連中はみんなそう言うのです。ところで戦争とはどえらいものですね。女房はあなたのあの映画を見てからは、もう説明の必要はなくなりました。女房にはわかったのでしょう。それからは戦争について違ったふうに話すようになりました――わたしに指を突き出して『バーン！』などとは言わなくなりましたよ。あなたがあの砲弾による穴に入っていたシーンは忘れられませんね。とてもリアルで、手のひらが汗でびしょびしょになったほどです」

「ありがとう」マセドンが愛想よく言った。また煙草に火をつけた。「なにしろおれは戦争に行っていたから、戦争がどんなものかわかっていた。どんな気持ちになるかわかっていたさ」

「そうですとも」ギャスパーは感に堪えないという様子で言った。「そのう、あなたがわたしのためにしてくださったことを話す機会をいただきありがとうございます。あなたは——あなたは女房に戦争を教えてくださいました」

「あんたたち、なんの話をしているんだ?」不意にパット・ホビーが詰問するように言った。

「ビル・コーカーが一九二五年に作った映画のことか?」

「またあいつか」ギャスパーが言った。「そうだ——『国民の創生』[*7]だ。さあ、警部が来られるまで静かにしていろ」

「それならフィル・マセドンは、おれをようく知ってたはずだ」パットが腹立たしげに言った。

「そいつが、その映画に出ていたのを見たことがあったくらいだ」

「たまたま思い出せないだけですよ、先輩」マセドンが丁重に言った。「仕方ないでしょう」

「ビル・コーカーがあの穴の場面を撮った日のことはおぼえているだろうな? あの映画にあんたが出演した初日のことだがね」

一瞬、あたりが静まり返った。

「警部はいつ到着するのかね?」マセドンが訊いた。

「もう来てもいい頃です、マセドンさん」

「ああ、思い出したぞ」パットが言った。「――監督があの砲弾の穴を掘らせたときにおれはいたからな。朝の九時に、監督は穴掘りの屈強な男どもとキャメラ四台を準備して撮影広場にいた。野戦電話であんたを呼び出して、衣装部に行って軍服を着てくるように言ったよな。どうだ、思い出したか？」

「細かいことはおぼえてないですな、先輩」

「あんたは体に合う服がないって電話してきた。するとコーカーは、つべこべ言わずにとにかく着てこいって言ってたよな。あんたは、撮影広場に現れたときにはすっかりご機嫌斜めでさ。軍服が窮屈だったからだがね」

　マセドンは魅力たっぷりに微笑んだ。

「じつにみごとな記憶力だ。その映画だったのは間違いないのでしょうね――それに俳優も？」

彼は尋ねた。

「あたりまえだ」パットは嫌味たらしく言った。「今でもあんたの姿が目に浮かぶよ。ただ軍服のことで文句を言ってる暇はなかったがね。だってそんなことはコーカーの計画にはなかったからだ。彼はずっと思っていたが、あんたはハリウッド一の大根役者だから、なににもよらず自然な演技を引き出すのが大変だってね――それで彼はある計画を立てていた。正午までに映画の核心部を撮ってしまうつもりだった――あんたが自分は演技していると思わないうちにね。彼はあんたに後ろを向かせると、砲弾の穴に突き落として尻餅をついたのを見ると、『キャメラ』って叫んだってわけだ」

「そんなの嘘だ」フィル・マセドンは言った。「自分から降りていったさ」

「じゃあ、どうしてあんたは、わめき始めたんだね？」パットは問い質した。「いまだにあんたの声が聞こえるよ。『おーい、どういうつもりだ！　なにかの——悪ふざけか？　ここから出してくれなきゃ、やめてやる！』ってな。

——そしてあんたはずっと穴の壁をよじ登ろうとして爪を立てていたよな。わけがわからなくて気が狂ったようになっていたっけ。やっと登りきったと思ったら滑り落ちて、引きつった顔でひっくり返っていたよ——とうとうあんたは怒鳴りだして、その間ずっとビルは四台のキャメラであんたを撮っていた。二〇分ほど経つと、あんたは諦めてぜいぜい言いながらひっくり返っていた。いっぽうビルはその情景を百フィート撮影したあとで、小道具係の二人にあんたを引っ張り上げさせた」

警部がパトカーで到着していた。彼は白々と明けてきた空を背にして入口に立った。

「巡査部長、そこにいるのはだれだ？　酔っ払いか？」

ギャスパー巡査部長は鍵を開けにきて、パットに出てこいと手招きした。パットは目を瞬いた
——それからフィル・マセドンに目をとめると彼に向けて指を振った。

「これでおれが、あんたを知っていることがわかっただろう。ビル・コーカーはそのフィルムを編集して、あんたに戦友を殺されたばかりの歩兵という見出しをつけた。あんたは穴を這いあがってドイツ兵に跳びかかり復讐したかったが、砲弾がそこら中で炸裂する衝撃で、穴の中に釘付

けにされるというわけだ」

「いったいなんの話だ？」警部が訊いた。

「わたしがこいつを知っていると証明したいだけですよ」パットが言った。「ビルは言ってたよ。あの映画で最高の場面は、フィルが『人差し指の爪が割れてしまった！』とわめくところだってね。ビルはそのフィルムに『十人のドイツ野郎が、お前の靴を磨くために地獄に行くだろう』というタイトルをつけたんだ」

「ここには『飲酒運転による衝突事故』で来たのかね？」警部は逮捕記録簿を見ながら言った。

「こいつらを病院に連れて行き、検査を受けさせよう」

「よろしいですか」俳優が輝くような笑顔で言った。「わたしはフィル・マセドンです」

警部はキャリアで、たいへん若かった。俳優の名前をおぼえていたし顔もわかったが、ハリウッドには過去の人がどっさりいるので、とくに感銘を受けることもなかった。

全員がパトカーに乗り込んだ。

検査を受けたあと、マセドンは友人が保釈金を用意してくれるまで警察署に拘留となった。パット・ホビーは釈放されたが、彼の車はまったく動かなかったので、ギャスパー巡査部長が車で送ってやると申し出た。

「家はどこだ？」いざ出発というとき巡査部長が訊いた。

「今夜はどこにもないよ」パットが言った。「だから車でぐるぐるまわっていたんだ。友達が目を覚ましたらそいつに連絡して、二ドルばかり無心してホテルに泊まるつもりだ」

「それなら」ギャスパー巡査部長が言った。「当面使わない金が二ドルあるがね」

ビバリーヒルズの大邸宅を次つぎと通り過ぎていくと、パットはそちらに手を振って挨拶した。

「古き良き時代には、夜昼かまわずこういう屋敷を訪ねたものだ。そして日曜の朝ともなると――」

「警察であんたが言ってたことは、ぜんぶ本当なのかね?」ギャスパーが尋ねた。「――あの人を穴に入れた話だけど?」

「もちろんだよ」パットは言った。「あの男はなにも、あんなにお高くとまることはないんだ。おれと同じ過去の人間ってだけなのに」

訳註

＊1 ユージン・オブライエン（1880-1966）米国サイレント映画時代のスター、舞台俳優。医学を志すも舞台俳優の道を選んだ。映画俳優としては第一作目から主役に抜擢、ウィルキー・コリンズ原作の『月長石』で俳優としての地位を確立。トーキー映画の登場を機に一九二八年引退。

＊2 ロバート・テイラー（1911-69）ハリウッド俳優。ロマンチックな役柄を演じて人気を集めた。

＊3 カリフォルニア州南西部にある峡谷。ロサンゼルス市の人口の三分の一以上が住んでいる地域。観光名所。

＊4 マンノウォー（1917-47）。競走馬、種牡馬。米国を代表する名馬だった。

＊5 コニー・タルマッジ（1898-1973）米国サイレント映画のスター。コニー、ナタリー、ノーマの

女優三姉妹として有名。サイレント映画スターの名声のうちに引退した。

＊6　アラン・ドワン（1885-1981）カナダ生まれの映画監督、脚本家、映画プロデューサー。サイレント映画を含む四百本以上を制作。

＊7　『国民の創生』（*The Birth of a Nation*）はD・W・グリフィス脚本・監督により一九一五年に制作された南北戦争を巡り建国精神をうたった三時間という米国映画初の大作。ここではそのタイトルを拝借したものであろう。

（渡辺育子 訳）

剣よりも強し

I

　後頭部から伸びたゴムバンドの上で前後に素早く動くような目をした、つまり目ざとくて、広く視線が行き届くような浅黒い肌の男が、ディック・デイルなる名を呼ばれて返事をした。一方、ラクダから瘤を抜いて——瘤がないのは寂しいが——残りを掻き集めたような体つきの、背の高い眼鏡男が、Ｅ・ブランズウィック・ハドソンなる名に返事をした。場面は靴磨きスタンドで、巨大な撮影所の中では取るに足らぬ店である。この場面を我々は、デイル監督の隣の椅子に坐っているパット・ホビーの、赤く血走った目を通して見ていることになる。

　靴磨きのスタンドはスタジオの食堂の真向かいで、屋外にあった。Ｅ・ブランズウィック・ハドソンの声は激しい感情に震えていたが、それでも傍らを通り過ぎる者に聞かれないよう低く抑えられていた。

「どうしておれほどの作家が、こんなところでこき使われていなけりゃならんのだ」彼は体を震わせながら言った。

　経験豊かな先輩であるパット・ホビーはそれに答えてやれたのだが、この二人とは馴染みがなかった。

「おかしな商売だな」ディック・デイルはそう言ってから、靴磨きの子に向かって靴石鹸《サドル・ソープ》を使ってくれと言った。

「おかしいだと！」Ｅが大声を出した。「それはないだろう！　おれはしぶしぶあんたの言うとおりに書いているだけだ――それなのに事務所は、おれとはうまくやっていけそうもないから出ていけときた」

「それが礼儀ってものだよ」ディック・デイルが説明した。「いったい、おれにどうしてほしいのかね――あんたを叩きのめせってかい？」

　Ｅ・ブランズウィックは眼鏡を外した。

「やってみろ！」彼は挑発した。「おれは体重一六二ポンド、ここのところ少しの肉もついていない」彼はためらっていたが、この極端な言い方を修正した。「つまり脂肪がついてないということだ」

「ああ、そんなことはどうでもいい」ディック・デイルは軽蔑するように言った。「あんたと殴り合っているひまはない。この映画を仕上げなきゃならんからな。あんたは東部に帰って本を一冊書き上げたら、映画のことは忘れなさい」彼は束の間パット・ホビーに目をやると、あんたならわかるだろう、というように微笑んだ。ブランズウィックのほかは、だれにでもわかるだろうというふうに。「三週間であんたに、映画のすべてを教えるのは無理だ」

ハドソンは眼鏡を掛けた。

「おれが本を書くときは、あんたをこの国一番の物笑いの種にしてやるさ」

彼は打ちのめされ、力なくすごすごと退場した。しばらくしてパットが口をきいた。

「ああいう手合いは、なにもわかっちゃいないのさ」彼は批評した。「そうかといって、ちゃんとわかっているやつを見たことはないが。わたしは広報やら脚本やらに関わってこの業界に二十年もいますがね」

「この撮影所にかね？」デイルが訊いた。

パットはためらった。

「ひと仕事終わったばかりです」

それは五ヶ月前のことだった。

「どんな映画に名前《クレジット》が出ていたのかね？」デイルが訊いた。

「一九二〇年まで戻りますが」

「おれの事務所に来てくれ」ディック・デイルが言った。「いろいろ話したいことがある――さっきの糞野郎はニューイングランドの農場に帰るだろうからな。なんだってどいつもこいつもニューイングランドの農場を手に入れたがるのかね――西部はまだ開拓途上だっていうのにだ」

パットは二枚しかない一〇セント硬貨の一枚を靴磨きにやって、スタンドから降りた。

Ⅱ

我々は細かい事項を検討している最中である。

「問題はこのレジナルド・デ・コーヴェン[*1]なる作曲家が、なんの取り柄もなかったことだ」ディック・デイルが言った。「ベートーベンのように耳が聞こえなかったわけじゃないし、歌う給仕でもない。刑務所かどこかに入れられていたのでもない。彼がしたのは曲を作ったことだけで、われわれが釣り上げたのは『ああ、約束して』というあの曲だけだ。あれだけでなにか作り上げなきゃならなかった――女が彼になにかを約束して最後に彼が受け取る、という筋をな」

「じっくり考える時間が欲しいな」パットが言った。「ジャック・バーナーズが、わたしをその映画に参加させてくれるなら――」

「させてくれるさ」ディック・デイルが言った。「これからはおれが自分の脚本家を選ぶ。あんたいくら貰っているんだね――一五〇〇か？」そう言ってパットの靴に目をやった。「七五〇か？」

パットは一瞬無表情に見返したが、この十年で最高の作り話を思いついた。

「わたしはプロデューサーの女房とできちゃいましてね」彼は言った。「連中はわたしを袋叩きにしたのですよ。今は三五〇しか貰っていません」

いろいろな点でその仕事は、彼がこれまでに引き受けたなかでもっとも簡単なものだった。ディック・デイル監督は、五十年前ならアメリカのどこの町にもいたようなタイプの男だった。大ざっぱに言えば彼は田舎のキャメラマンであり、ふだんは小型機械仕掛けの創作者であり、地方の怪しげな運動のリーダーであり、地方紙に詩を投稿する常連であった。このような〝センセーション・タイプ〟の最高にエネルギッシュな連中は、一九一〇年から一九三〇年にかけてハリウッドに流入し、そこでほかの時代、ほかの土地では考えられないような精神的充足を得た。ついに彼らは、大々的に自分たちの思う道を進むことができたのだ。パット・ホビーとデイル氏の台本書きをしているメイベル・ハットマンは、デイルに貼りついて何週間も取り組んでいたのだが、その台本にある演技のひとつひとつ、台詞のひとつひとつは、すべてディック・デイルの考えによるものだった。パットは勇を鼓して、〝常に優れている〟ものを提案するつもりではあった。

「ちょっと待て！　ちょっと待て！」ディック・デイルは立ち上がり両手を広げる。「おれは犬を一匹見ているとする」彼が犬を見ている間、二人は緊張して息を詰めて待つ。

「犬は二匹だ」

二匹目の犬は、二人が言われるままに想像していた最初の犬の横に坐る。

「われわれは鎖につながれている犬に向きあっている――キャメラを引いて、もう一匹の犬を撮る――犬はすでに互いに噛みついている。キャメラをずっと引く――それぞれの鎖はテーブルにつないである――テーブルがひっくり返る。いいか？」

またあるときには、いきなりこうきた。

「おれは左官見習いであるデ・コーヴェンを見ているとする」

「はい」今度はものになりそうだ。

「彼はサンタ・アニタ競馬場に行き、壁に漆喰を塗る仕事をしながら歌う。書き留めろ、メイベル」彼は続ける。

一ヶ月後に彼らは必要な一二〇ページを書き上げた。レジナルド・デ・コーヴェンはアル中ではなかったが、「茶色の小瓶」が大好きのようだった。彼が愛している少女の父親は酒のせいで亡くなっていた。結婚式を挙げた直後に、彼が茶色の小瓶から酒を飲んでいる姿を目撃した彼女は、姿を消すこととなった。二十年が過ぎた。彼は有名になり、彼女は〈メイド・マリアン〉の芸名で彼の歌を歌ったが、彼にはその歌手が昔の花嫁だとはわからなかった。

そのシナリオは〈仮台本〉という但し書きをつけて、パット・ホビーから上のオフィスに送られた。デイルは一週間後に撮影を開始する予定だった。

二十四時間後、デイルはスタッフとともに彼の事務所にいた。暗い雰囲気だった。落ち込んでいないのはパット・ホビーだけだ。週給二五〇ドルで四週間働き、サンタ・アニタ競馬場で二〇〇ドルすったとはいえ、靴磨きスタンドにいたときの所持金二〇セントとは比べものにならない。

「それが映画ってものですよ、ディック」彼は慰めるつもりで言った。「上にあがる――下にさがる――中に入る、外に出る。昔の人間ならだれでもわかっていることです」

「そうだな」ディック・デイルは上の空で言った。「メイベル、E・ブランズウィック・ハドソンに電話してくれ。ニューイングランドの農場だ――たぶん今ごろはミツバチから蜜を絞りとっているだろうよ」

数分後に彼女は報告した。

「彼は今朝ハリウッドに飛んだそうです、デイルさん。ビバリーウィルシャー・ホテルにいるとわかりました」

ディック・デイルは受話器に耳を押しつけた。愛想よく親しげな調子で話す。

「ハドソンさん、あんたがここにいたとき、わたしの気に入りそうなアイディアがあると言ってたよな。それを書き上げるつもりだと。デ・コーヴェンってやつが、バーモントで羊飼いから曲を盗んだっていう話だ。おぼえてるだろ?」

「ああ」

「そこでだが、バーナーズはすぐにでも制作に取りかかりたいと思っていてね。そうしないとキャストを集められないからな。それでわれわれは行き詰っている。おれの言ってることがわかるとしてだがね。ひょっとして、その作品を今持ってやしないかね?」

「おれがそれを持ち込んだときのことをおぼえているかね?」ハドソンが訊いた。「あんたはおれを二時間待たせた——それからそれを二分間眺めた。あんたは首が痛かった——あんたの首はねじる必要があったな。そうしたらさぞ痛かったことだろう。そいつがあの朝でひとつだけいいことだった」

「映画業界では——」

「あんたが立ち往生していて嬉しいよ。おれは『三匹のクマ』のストーリーを五万ドル貰っても話すつもりはないね」

電話が切れるとディック・デイルはパットの方を向いた。

「脚本家なんか糞くらえだ!」彼は猛々しく言った。「なんのためにあんたらにカネを払ってると思ってる？　何百万もだぞ——それなのにあんたらは映画にならんような屑ばかり書いて、おれがその屑を読まないからといって腹を立てる！　おまえさんだとかハドソンだとか、糞野郎ばかり寄越しやがって、どうやって映画を作れっていうんだ。どうやってだ？　あんたどう思うね——アル中のおっさんよ！」

パットは立ち上がりドアに向かって一歩踏み出した。わけがわからない、と彼は言った。

「ここから出てけ！」ディック・デイルが怒鳴った。「あんたはクビだ。撮影所から出ていくんだ」

運命の女神はパットにニューイングランドの農場を授けてはくれなかったが、スタジオの向かいにはカフェがあって、金さえあればそこの酒瓶の中には羊飼いの夢が花開いていた。彼はスタジオから出ていきたくなかった。なんといっても、ここはずっと彼の住み処だったのだから。そんなわけで彼は六時に戻ってくると、自分のオフィスに上がって行った。オフィスには鍵が掛かっていた。すでに別の脚本家に割り当てられていたのだ——ドアにあった名はE・ブランズウィック・ハドソン。

彼は食堂で一時間つぶし、つぎにバーに行き、それから本能の導くままに寝室のセットが作ってある舞台へ向かった。ふわふわのひだ飾りに身をくるんだクロードデット・コルベール*2が、その日の午後に横たわったばかりの寝椅子で、彼はひと晩過ごした。

翌朝はいっそう寒々としていたが、酒瓶にはまだ残りがあるし、懐には百ドルばかりの現金がある。サンタ・アニタ競馬場では馬が走っているし、夜までにはそのカネを倍にしているかもしれない。

スタジオから出ていく途中で、彼は床屋の前で足を止めたが、あまりに落ち着かない気持ちになっていたので髭をあたってもらう気にはなれなかった。彼はふと立ち止まった。靴磨きスタンドからディック・デイルの声が聞こえてきたのだ。

「ミス・ハットマンがあんたの書いた別のシナリオを見つけてね。そいつはたまたま会社の所有になっていたよ」

E・ブランズウィック・ハドソンがスタンドの足元に立っていた。

「おれの名を使ってもらいたくないね」彼は言った。

「そいつは好都合だ。彼女の名前を載せるつもりだからな。バーナーズだって素晴らしいことだと思っているしね。デ・コーヴェンの家族がいいと言ってくれればの話だが。まったくな——どっちみち、あの羊飼いはあの曲をどこにも売り込めなかっただろうよ。羊飼いがＡＳＣＡＰ（米国作曲作詞出版家協会）からカネをせしめたって話を聞いたことがあるかね？」

ハドソンは眼鏡を外した。

「おれの体重は一六三ポンド——」

パットは近くに寄った。

「軍隊に行けよ」デイルが馬鹿にしたように言った。「おれには殴り合いの時間はない。映画を作らなければならんからな」彼の視線がパットを捉えた。「やあ、おっさん」

「やあ、ディック」パットは笑顔で応えた。そしてこれは絶好のチャンスとばかりに食らいついた。

「いつ仕事に取りかかるんですか?」彼は言った。

「いくらだ?」ディック・デイルは靴磨きに訊いて——パットに向かうと言った。

「ぜんぶ終わったよ。メイベルにはずっと前からクレジットに載せてやると約束していてね。そのうちなにか思いついたら訪ねてきてくれ」

彼は床屋のそばにいた男に声を掛けてから、そそくさと立ち去った。これまで顔を合わせたことがなかったハドソンとホビーの二人は、ここで初めて顔を合わせた。ハドソンの目には怒りのあまり涙が浮かんでいる。

「ここでは作家は辛い目に遭うんだ」パットは気の毒そうに言った。「こんなところに来ちゃいけない」

「じゃあ、だれが話を作るのかね——ここの阿呆どもかい?」

「そうだな、ともかく作家じゃないな」パットは言った。「やつらに作家は必要ない。脚本家がいればいいだけだ——おれみたいなね」

訳註

＊1　レジナルド・デ・コーヴェン（1859-1920）米国の作曲家、指揮者、音楽評論家。一八八七～一九一三年にかけて二〇ものオペレッタを作曲。なかでも『ロビン・フッド』（一八九〇）は“O Promise Me”（ああ、約束して）などの歌が知られ、三千回を超す公演を記録した。

＊2　クローデット・コルベール（1903-96）フランス生まれのハリウッド女優。一九三〇年代から四〇年代にかけてコメディで人気を得ていた。

（渡辺育子 訳）

パット・ホビーの学生時代

I

薄暗い午後だった。トパンガ渓谷〔ロサンゼルス近郊にある渓谷〕の絶壁が、道の両側に高々とそびえている。どうにかして、あれを始末しなくちゃ。後部座席に響くガチャガチャいう音が、恐ろしくてならない。エビリンは、この仕事が嫌でたまらなかった。こんなことをするために、この土地まで出てきたわけではないのだ。だがすぐに、ホビー氏の顔が頭に浮かんだ。あのひとはわたしを信じて任せてくれたんだわ——だからあのひとのためにこれをしてあげるのよ。

とはいえ、任されたのはひどく骨の折れる仕事だった。エビリン・ラスカルスは渓谷をあとにすると、よそよそしさの漂うビバリーヒルズの街並みを車で流した。何度か狭い裏通りに入り込み、何度か空き地の横に車を停めてみた——だがいつも誰かしら、歩いたりぶらついたりしていたので、エビリンはどぎまぎと不安になった。一度などは、危うく心臓が止まりかけた。刑事らしき男が見透かしたような目で——あるいは不審そうに——じっとこちらを睨んだからである。

――こんなことをわたしに頼む権利なんて、あのひとにはないわ、とエビリンはつぶやいた。二度とやるもんですか。今度そう言ってやるわ。もう二度とごめんですって。

夜の帳はまたたく間に下りた。エビリン・ラスカルスは、これほど早く日が暮れるのを見たことがなかった。では人目を気にせずにすむ荒野へ戻ることにしよう。絵具箱さながらに色とりどりの車が数珠つなぎに並ぶ黄昏どきのハイウェイを、エビリンは進んで行った。やがて、はるか下方に高原を見下ろす高台のカーブにある、安全な場所へとたどり着いた。

ここなら面倒なことなど起きっこないわ。崖からひとつずつ投げ落とせば、まるで別の州にいる気がするくらい、遠くへ厄介払いができるはずよ。

ラスカルス嬢はブルックリンの出身だった。ハリウッドに来て映画関係の秘書になるのが夢だった――しかし、今では故郷を離れたことを後悔していた。

とはいえ、仕事は続行するわ――この積み荷とおさらばしなくては――この次の車がカーブを通り過ぎたらすぐに……。

Ⅱ

……その頃、彼女の雇い主であるパット・ホビーは、床屋の前で、スタジオ付き脚本編集係のルーイと立ち話をしていた。週給二五〇ドルでの四週間にわたるパットの仕事は、明日が最終日だったので、いつもギリギリの生活をしている者たちが味わう、あの茫然自失とした重苦しい気分を、パットは感じ始めていた。

「できの悪いシナリオに費やした、いまいましい四週間」とパットが言った。「それがこの六ヶ月にぼくがした仕事のすべてだ」

「どうやって生活してるのさ？」ルーイが尋ねた——とはいえ、ほとんど興味はなさそうだったが。

「死んでるも同然さ。ただ月日が流れていくだけ。だがそれがどうした？　もうどうだっていいよ——二十年も経てばね」

「若いときにはずいぶんいい思いをしたじゃないか」ルーイが慰めるように言った。

パットは、キラキラ光るラメのガウンを着たドレス・エキストラ[*1]の姿を目で追った。

「たしかに」とパットは認めた。「女房だって三人も持ったしね。誰もがうらやむ美人ばかりだった」

「あれも女房のひとりだったってことかい？」ルーイが尋ねる。

去りゆく女の後ろ姿を、パットはじっと見つめた。

「まさか。あれがそうだったなんて言ってないさ。でもああいう女たちで、おれの稼ぎで食ってるのがたくさんいたんだ。それが今じゃあ——四十九歳の男なんて、もはや人間とはみなされない」

「お前にゃかわいい秘書の子がいるだろ」ルーイが言った。「なあパット、内々の情報を教えてやるよ」

「教わったって使い道がない。五〇セントしか持ってないんだ」

「競馬の情報じゃない。いいか——ジャック・バーナーズがU・W・C〔ウェスタン・コースト大学〕を舞台にした映画を作りたがってる。息子があそこのバスケットボールチームの選手なんだ。だがストーリーの持ち合わせがない。そこでだ、U・W・Cにドゥーランていう体育部の監督がいるんだが、会いに行ってみないか？　そいつは競馬の件でおれに三千ドルの借りがあるから、映画のアイディアをもらえるかもしれん。そしたらそれを持ち帰って、バーナーズに売ればいい。給料はもらえる身なんだろ？」

「明日までだけどね」パットが憂鬱そうに答えた。

「ジム・クレスギに会いに行けよ、大学構内のスポーツ用品店にいるから。体育部の監督に引き合わせてくれる。いいか、パット、おれはこれから集金をせにゃならん。だがおぼえておけよ、パット、ドゥーランってやつは、おれに三千ドルの借りがあるんだ」

III

パットにはさして希望の持てる話には思えなかったが、なにもないよりはましだった。脚本部にある自室へコートを取りに戻ると、ちょうど電話がわめきたてているところだった。

「エビリンです」受話器を取った途端、動揺した声が告げた。「今日の午後始末するのはとても無理です。どの通りにも車が走っていて――」

「ここでは話せない」パットはあわてて言った。「ちょっと思いついたことがあって、今からU・W・Cに行かなくちゃならないんだ」

「わたし、始末しようとしたんです」エビリンが悲痛な声で訴えた。「――それも何度も！　でもそのたびに、どこからか車がやって来るものだから――」

「もう、いい加減にしてくれ！」パットは電話を切った――パットには心配事ならほかにいくらでもあったのだ。

もう何年もの間、パットはU・S・C〔南カリフォルニア大学〕のアメリカンフットボールチーム〈トロージャンズ〉の活躍を見守っていた。また、それとほぼ肩を並べる、ウェスタン・コースト大学の代表チーム〈ローラー・コースターズ〉の活躍にも注目していた。パットの興味は、チームの肉体的条件や戦術や、なにか知的なものに対してというよりも、むしろ賭けでいくら儲けるかのほうにあった――とはいえ、全盛期のローラーズにはずいぶんと損をさせられていたのだが。そんな経緯もあって、パットはあたかも自分が所有者であるかのような感覚をうっすら抱きながら、アステカ民族調とデ・ミル監督[*2]の映画風の豪華絢爛さが交じり合うキャンパスに足を踏み入れた。

クレスギを見つけると、彼はパットをキット・ドゥーラン監督の元へと案内してくれた。有名な元タックル選手のドゥーラン氏は、すこぶる上機嫌だった。今年の戦列に五人の黒人巨漢選手が加わり、その誰もがまだ若いにもかかわらず経験豊富だったので、チームが地区大会を制覇する見込みが大いにあったからだ。

「よろこんでお宅のスタジオのお力になりますよ」ドゥーラン氏が言った。「バーナーズ氏――いや、ルーイの手伝いなら喜んで。で、ご用件は？　映画を作りたいですって？　……まあ、我々にとっても注目が集まればいい宣伝になりますからね。ホビーさん、ちょうど五分後に教授会があるので、どうです、そこでお話をされてみては？」

「どうでしょうね」パットは自信なげに言った。「わたしはあなたとおしゃべりでも、と思っていたんです。どこかへ行って、ちょいと一杯やりませんか？」

「せっかくですが」ドゥーランが陽気に言う。「わたしがアルコールの臭いをプンプンさせているのを、あのうぬぼれ屋どもが嗅ぎつけようものなら、どんな騒ぎになることか――まったく！教授会にいらしてくださいよ――キャンパス内で腕時計やら宝石やらを持ち逃げしているのがいてね。我々は学生のしわざだと踏んでるんです」

自分の役目を済ませたクレスギ氏は、立ち上がって帰ろうとした。

「第五レースのうまい話はいらんかね？」

「わたしは結構だ」とドゥーランが答えた。

「あんたはどうだね、ホビーさん？」

「ぼくも結構」とパットも答えた。

Ⅳ

裏世界との関係を切り上げたパット・ホビーとドゥーラン監督は、大学本部の廊下を歩いて行った。学生部長室の外でドゥーランが言った。

「いい頃合いを見計らって、すぐに中へ呼んで紹介してあげましょう」

ジャック・バーナーズが認めた代理人《エージェント》でもなければ、撮影所公認のエージェントでもないパットは、もやもやと浮かない気分でじっと待った。インテリ集団と対峙するのは気が進まなかったが、すり切れたコートの中に、ささやかながらも温まる品を持っていたことを、ふと思い出した。学生部長の助手が会議のメモを取りに席を外したので、これ幸いと、パットは息もつかずにぐびぐびとそれを喉に流し込み、カロリーを補給した。

たちまち体がほわっと温まり、パットは深々と椅子に腰を下ろすと、ドアに書かれた文字をまじまじと見つめた。

サミュエル・K・ウィスキス
学生部長

いくぶん手ごわい相手になるかもしれないな。

……だがなぜそう思う？　どうせお高くとまった連中が居並んでいるんだろうが——そんなのはわかりきったことだ。それに、学位を持っているといったって、そんなのはカネさえ払えば手に入る代物じゃないか。もしスタジオと手を組めば、U・W・Cにとってはすごくいい宣伝になるんだぞ。つまりそれは、連中の給料が上がって、もっとカネが手に入るようになるってことだろう？

会議室のドアがためらいがちに開いたかと思うと、また閉じた。誰も出ては来なかったが、パットは坐ったまま背筋をしゃんと伸ばし、心の準備をした。アメリカで四番目に大きな産業を代表している、というか、ほぼ代表していると言っていいこのおれが、大勢のインテリ連中に睨まれたくらいで、すくんでなんかいられるか。おれだって、高等教育の内幕を知らないわけじゃないんだぞ——なにしろ若かりし頃には、ペンシルバニア大学のD・K・E・ハウス〔男子学生の友愛会館〕でポーターを務めたことだってあるんだからな。こうして、無性に愛校心をかきたてられたパットは、こんな新参大学なぞペンシルバニア大学の足元にも及ばないのだ、と自分に言い聞かせた。

ドアが開いた——玉の汗を額に浮かべ、狼狽した様子の青年が飛び出してきて、ドアをすり抜けたかと思うと——視界から消え去った。戸口には、ドゥーラン氏が落ち着き払った様子で立っている。

「さあどうぞ、ホビーさん」ドゥーラン氏が声をかける。

恐れることなどなにもない。部屋へ足を踏み入れると、パットの脳裡に古い学生時代の記憶がどっとよみがえった。その瞬間、体じゅうに自信がみなぎり、アイディアがひらめいた……。「……というよりも、むしろ現実的なアイディアなんです」五分後、パットは弁舌をふるっていた。「ご理解いただけますか？」

ウィスキス学生部長は、背の高い、補聴器をつけた風采の上がらない男だったが、どうやら理解してくれたようだった――同意してもらえたとまでは言えなかったが。パットはもう一度、自説を力強く繰り返した。

「最新の手法なんです」辛抱強く言う。「いわゆる、〝話題作り〟ってやつです。先ほどこの部屋を飛び出していった若造が、腕時計を盗んでいたことは、みなさんもお認めになりますよね？」教授会の面々は、ドゥーランをのぞいて全員顔を見合わせたが、誰ひとり口を挟む者はなかった。

「ほうらね」パットは勝ち誇ったように続けた。「新聞社に彼のことを密告なさい。ですが、ここからがミソです。映画の中で、彼が腕時計を盗んでいたのは、実は弟を援助するためだった、ということにするんです――しかもその弟というのが、アメフトチームの中心選手なんです！一番大事な場面で活躍する、ランプレイの選手なんだ。おそらくタイロン・パワー[*3]の起用を考えることになるでしょうが、替え玉《ダブル》として、お宅の選手をひとり使います」

あらゆる点を考慮に入れようと、パットは口をつぐんだ。

「――もちろん、映画は南部の州で公開しなくてはならないので、その選手というのは白人でなければなりません」

場がざわめいた。ドゥーラン氏がパットに助け船を出した。

「悪くないアイディアですね」と水を向ける。

「おぞましいアイディアだ」ウィスキス学生部長が出し抜けに叫んだ。「なんという――」

ドゥーランの顔がおもむろにこわばった。

「ちょっと待ってください」ドゥーランが口を挟む。「ここでの説明の主役は誰なんですか。ホビーさんの話を聞いてください！」

少し前に、ブザー音で呼び出されて部屋から姿を消していた学生部長の助手が、再び戻って来て、学生部長にそっと耳打ちした。学生部長はぎょっとした。

「少し待ってくれないか、ドゥーランさん」学生部長はそう言うと、教授会の他の面々に向きなおった。

「学生監が表で風紀違反者を見つけたんだが、法律上、違反者の身柄を拘束しておくことができない。そっちの問題を先に片づけたいんだが、いいですかな？　そのあとで、またこの話に戻るということで――」学生部長はドゥーラン氏を睨みつけた。「――この、噴飯もののアイディアに」

学生部長がうなずくと、助手がドアを開けた。

つたに覆われた緑豊かなキャンパスで過ごした日々が、パットの脳裏によみがえった。パットは思った。この学生監もご多分に漏れず、怯えた警察官や野蛮な肉食獣さながら、なにをしでかすかわかったもんじゃないぞ。

「みなさま」さりげなく敬意を込めながら、学生監が切り出した。「どうにも説明のつかない問題に出くわしまして」困惑したように首を振って先を続ける。「ただごとでないのは承知しとるのですが――しかし、それのどこがどう問題なのかとなると、わたくしめにはどうもさっぱり。そこで、ぜひ先生方のご判断に委ねたいと思いまして――ともかく、証拠品と違反者をご覧に入れます……ほら君、入りたまえ」

エビリン・ラスカルスが入ってきたかと思うと、学生監がガチャガチャ鳴る枕カバーをその横に置いたので、パットは再び、楡の木に覆われたペンシルバニア大学のキャンパスに思いを馳せた。ああ、今あそこにいられたらな。そう心底思った。なににも増してそう願った。次に願ったのは、ドゥーランの大きな背中が、もっと大きければよかったのに、だった。パットは椅子をずらし、ドゥーランの背後に必死に身を隠そうとしていた。

「そこにいらしたんですね！」エビリンが嬉しそうに叫んだ。「ああ、ホビーさん――よかった！わたしあれを捨てられなかったんです――でも家に持ち帰ることもできなくて――そんなことをしたら母に殺されてしまいますもの。それであなたを探しにここまでやって来たんです――そしたら、この人が車の後部座席をのぞき込んで！」

「その袋の中身はなにかね？」ウィスキス学生部長が問い質した。「爆弾か？　いったいなんなんだ？」

学生監が袋を持ち上げ、床にドサッと置いたので、聞き間違いようのない澄んだ音が響き渡った。だがそうなる寸前に、パットはこう伝えることもできたのだ。酒の空き瓶なんです――パイント瓶や半パイント瓶やクォート瓶の――週二五〇ドルの薄給で四週間、気苦労を重ねて働いてきた証しなんです。それは、パットのオフィスの引き出しからかき集められた、大量の酒の空き瓶だった。契約が明日で切れるので、そのような証拠品は後に残さぬほうがよかろうと、パットは考えたのだ。

逃げ場を求めるパットの心は、最後にもう一度、ペンシルバニア大学で使い走りをしていた頃の、あの気楽な日々に舞い戻った。

「ぼくが持ち帰ります」立ち上がりながら、パットが言った。

それから、袋を肩にかつぎ、教授会の面々に向きなおると、驚いたことにこう告げた。

「ご検討ください」

V

「検討はしたさ」その晩ドゥーラン氏は妻に言った。「でも結局、我々にはあれがいったいなんだったのか、さっぱり訳がわからなかったんだ」

「薄気味悪い話ね」とドゥーラン夫人が言った。「今夜夢に見ないといいけれど。それにしても、その袋を背負った哀れな男ときたら！　煉獄に落ちるとしか思えないわ――で、煉獄ではその瓶の中に船を彫るという苦行をさせられるのよ、一本残らずね――天国に行けるようになるまで」

「やめてくれ！」たまらずドゥーランが叫んだ。「そんな話を聞かされたら、こっちがうなされちまうよ。なんたって、ものすごい数の空き瓶だったんだからなあ」

訳註

＊1　映画のシーンに必要な衣装を自前で持っているという理由で雇われるエキストラ。

＊2　デ・ミル（1881-1959）米国の映画創成期の人気映画監督。代表作『十誡《じっかい》』（一九二三）。

＊3　タイロン・パワー（1914-58）米国の正統派二枚目俳優。代表作『快傑ゾロ』（一九四〇）。

（中勢津子 訳）

フィッツジェラルド讃歌

今村楯夫

浮沈の波間で

　ある作品を読むと、それが作者自身の体験とどこかで重なっているのではないかという思いを抱くことがある。その思いは読めば読むほど強くなる。そんな思いを抱かせる作家のひとりがフィッツジェラルドだ。

『グレート・ギャツビー』（一九二五）を読むと、心はいつしか一九二〇年代の華やかなりしマンハッタンに飛翔し、五番街を自分が車で走っている気分になる。と同時に、そこにはギャツビーならぬフィッツジェラルドが脇にいるような錯覚すら覚える。

　フィッツジェラルドの最初の長篇小説は『楽園のこちら側』（一九二〇）と題され、わずか三日間で六万部売れた。彗星のごとく現れたフィッツジェラルドは一躍、ベストセラー作家となった。

若者たちは小説の台詞や登場人物たちの大胆な行動を真似、大人たちは眉をひそめた。そしてこの本は第一次世界大戦後、若き「戦後文学」として新しいアメリカ文学の到来を告げ、時代「ジャズ・エイジ」の旗手としてフィッツジェラルドの存在を世に知らしめることとなった。『グレート・ギャツビー』が登場したのはそれから五年後、ニューヨークを舞台に祝祭的な都会の魅力を描き、人びとの心を魅了し、憧れを抱かせることになる。

一躍、時代の寵児となったフィッツジェラルドにとって、一九二〇年代はまさに黄金期だった。繊細な感性に加えて、才能と才覚によって次から次へと短篇小説を量産しその作品は、二五〇万の購読者をもち、当時の大衆誌の代表的な存在として認知されていた『サタデイ・イブニング・ポスト』誌に掲載された。名声とともに短篇一篇に対して原稿料はうなぎのぼりに四千ドルまでになった。一九二〇年から三七年までの十七年間で六十五篇の短篇が掲載され、その中には珠玉の「バビロン再訪」や「氷の宮殿」も含まれている。

一九二九年に世界大恐慌が起こると、一九三〇年代は不況の時代を迎えた。その新たな時代の到来に呼応するかのようにフィッツジェラルドの人生は試練のときを迎えることとなった。

妻ゼルダの精神の病が悪化し、治療費を稼ぐためにフィッツジェラルドは短篇を数多く書くことを自らに課した。一九三三年に男性向けの雑誌として『エスクァイア』が創刊されると、フィッツジェラルドにも短篇の依頼が舞い込み、新たな貴重な収入源となる。しかし、短篇一篇については二五〇ドルまで下がり、一九二〇年代のバブル期の原稿料の十五分の一以下の安さとなった。それは不況のせいだけでなく、フィッツジェラルド自身の作家としての陰りが影を落としていたことにも起因する。一九二〇年代、ヒット作品を飛ばし、輝いていたフィッツジェラルドは、すでに筆力を失い、名声も期待も失われた一九三〇年代との落差は、この『パット・ホビー物語』に微妙に投影されていると言えよう。もちろん、パット・ホビーの方がフィッツジェラルドより、ずっとみじめであり敗北の色合いは強いが。

一九三七年七月上旬、フィッツジェラルドはハリウッドに飛び込んだ。三度目のハリウッド入りだ。十年前、一九二七年に映画『リップ・スティック』に向けて脚本を書くことを依頼され、書き上げはしたが、結果として映画化されなかった。二度目は一九三一年、MGMの依頼で映画『赤毛の女』の脚本執筆のためにやって来たが、これも制作には至らなかった。そして三度目の正直か、MGMと週給千ドル、六ヶ月の専属契約が結ばれた。

すでに二度にわたり、シナリオ執筆にはあまり向いていないことを自ら証明していたし、近年、アルコール中毒気味であり、小説の方もぱっとしないことも承知していたが、それでもMGMがフィッツジェラルドを雇ったのは、過去の栄光を知っており、シナリオくらいなら書けるだろうと、楽観的な期待を抱いていたからだろう。映画産業は巨大で裕福だったので、多少の見込み違いも大した問題にならなかった。

一方、フィッツジェラルドにとって、病を抱えた妻ゼルダに加えて、東部の名門寄宿学校に通っている愛娘スコッティに掛かる費用も大きな負担だった。また単行本を出していたスクリブナー社には多額の借金があった。そうした状況の中で彼は東部、ニューヨークを離れ、明るい西部、燦々と太陽が輝くカリフォルニア、ハリウッドにやって来た。宿泊先は「アラーの園」と称され、サイレント映画時代の大女優アラ・ナツィモヴァ所有だった大邸宅が高級リゾート・ホテルのごとき雰囲気をとどめる、ハリウッド関係者好みの宿舎だ。

当地に着いて一週間も経ずしてフィッツジェラルドはひとりの女性と巡り合った。シーラ・グレアムである。四十一歳の中年の男と二十八歳の若い女性の出会い。シーラはイギリスからハリウッドにやって来たコラムニストだった。フィッツジェラルドはシーラの顔や容姿や表情、巻毛、眼差し、微笑みが、若いときのゼルダにそっくりだと思ったと『ラスト・タイクーン』(一九四一)の中に記している。

ゼルダはアメリカ南部の富豪の家に育ち、いわゆる「アメリカ南部の華《サザーン・ベル》」だが、シーラはイギリスの貧困家庭に生まれ、孤児院で育てられた。十八歳で結婚し、ロンドン社交界で出自が露呈しないように徹底したマナーと話し方の教育を夫から受けたが、ほどなく離婚し、さらに離婚後には公爵との婚約が交わされていた。まさに映画『マイ・フェア・レディ』の世界だ。しかし、婚約を破棄し、フィッツジェラルドとの交際が始まった。フィッツジェラルドはシーラが出自を告白したことに感動し、むしろその人生に魅力を覚えたのだ。

『エスクァイア』での連載が始まったのは一九四〇年一月である。パット・ホビーを主人公にした物語の連載は、フィッツジェラルドが心臓発作でシーラ・グレアムの家で一九四〇年十二月に急死した後、一九四一年五月まで続いた。連載は最晩年、唯一の収入源だった。

『パット・ホビー物語』の妙

短篇「バビロン再訪」に対して、シャーリー・テンプル主演の大作映画の制作が決まった。しかし、不運にも第二次世界大戦が勃発し、代わりにハリウッドで祖国を防衛するローレンス・オリヴィエのために書かれた脚本の映画化にすり替わってしまった。本書収録の「父と呼ばれたパット・ホビー」で戦争勃発により約束された送金が不履行となる話に似たアイロニーに満ちた悲運だ。

死後出版された『ラスト・タイクーン』には自らのハリウッド体験が記されているが、ハリウッドがもたらした最良のものこそ、このパット・ホビーを巡るユーモアあふれる短篇連作だったと言えよう。

ハリウッドの裏側を描いた興味深い作品といえば、後に映画にもなったナサニエル・ウェストの『いなごの日』（一九三九）であろう。ハリウッドという映画産業の中にアメリカ人の夢と渇望と幻滅を見ながら、破滅に向かう現実を描いた作品である。主人公トッド・ベケットはイエール大学で美術を専攻し、映画舞台のデザイナーとしてハリウッドの映画会社に就職するが、それは画家が自らの精神と肉体を売る行為に等しいと感じている。トッドには《ロサンジェルス炎上》というボッシュの《快楽の園》の「地獄絵」を思わせるような構想中のスケッチ画があった。

劇場の開場の日に有名俳優を見に集まってきた群衆が暴動を起こし、その群衆の姿を目にして、トッドは構想中の自らの絵に黙示録的な預言を見る。暴徒化した群衆の暴動はプレミア会場に火を放ち、傍若無人と化す。目の前に展開する光景が現実なのか幻想なのかその境界もさだかならぬまま、その渦中に自ら飛び込む。負傷したトッドはパトカーの中で、意識を朦朧とさせながら、サイレンの音を大声で真似る。既視感《デジャ=ヴュ》ではない。構想していた絵が現実のものとなり、作者自身が作中人物のひとりとなったのだ。

スケールは異なるもののフィッツジェラルドの本書作品「お湯を沸かして、たっぷりと」と構図は同じだ。構想中の作品に使われる台詞が、ハリウッドの食堂で発せられ、その渦中にパット・ホビーが呆然と立ち尽くす。フィッツジェラルドは『いなごの日』を意識していたのだろう。ハリウッドでほとんど唯一とも言える友人としての作家がナサニエル・ウェストであり、互いに敬意を抱いており、ウェスト夫妻の家をシーラと訪ねるほどの親しい間柄だった。まったくの偶然だろうか、フィッツジェラルドの死んだ翌日、ウェストは交通事故を起こして死亡した。かたや享年四十四歳、かたや三十七歳だった。

『パット・ホビー物語』には珠玉の作品がいくつかあるが、その魅力の一端を「パット・ホビーの試写会」によって明らかにしよう。ハリウッドのスターに憧れてやって来て、まだ自分の美しさと魅力に気づいていない無垢な少女エレナーを描いた物語だ。アイダホ州ボイシーの出身だと自己紹介するが、そもそもアイダホ州そのものが中西部の砂漠の真っただ中にある「ド田舎」を象徴するような州であり、ボイシーはその僻村ならぬ小さな寂れた町だ。

個人的な体験だが、私はかつてサンフランシスコ経由でこのボイシー空港に降り立ち、レンタカーを借りて旅をしたことがある。日本からはるばるやって来て、だだっ広い砂漠の中にポツンと小さな集落をなすボイシーの風景に呆然とした思いを抱いたことがある。その衝撃はいつまでもアメリカの「田舎」を象徴する原風景となって心に刻まれた。

「パット・ホビーの試写会」のボイシーから来た少女の純情な可愛らしさに魅了され、パットは虚飾を交えて自己紹介をし、できれば「友人のアパート」を借り、少女を誘惑したいというダーティな中年男の下衆な期待を抱きながら、なけなしの金を銀行から引き出し、自分が手がけた映画の試写会に誘う。久しぶりに、映画のクレジットに自分の名前が載ることに興奮し、少女を誇らしげに試写会に連れて行ったパットを待ち受けていた現実は残酷だが、その結末が実に愉快だ。そこにはかつてのフィッツジェラルドのもっていた文体と会話の妙が存分に再現されているので、訳は本文で確認していただくこととし、原文を味わっていただきたい。

He seized Eleanor's elbow in a firm grasp and steered her triumphantly towards the door:
"Cheer up, baby. That's the way it is. You see?"

かつて妻ゼルダが口にした台詞を『グレート・ギャツビー』でデイジーに語らせることの出来たフィッツジェラルドの「耳」の良さは、ここでも生かされ、いかにもハリウッドで耳にしたと思われる台詞が巧みに生かされている。受付のガードマンからは入場を拒絶され、そこに現れた共同執筆者からはエレナーの前で罵倒され、愚弄によって叩きのめされながら、パットはかろうじて自らの尊厳をもってシナリオ作家のメンツを保つ。
「パット・ホビーの試写会」の面白さはボイシーからスターに憧れてやって来た少女が、群衆の眼差しがふと、自分に注がれていることを知り、このわずかな時間の間にスターとしての快感を味わう、自らハリウッドの第一歩を踏み出している変身ぶりだ。虚栄の世界、ハリウッドの危うい幻惑の中でスターとなるのか、打ち捨てられて街角で身を売ることになるのか、その未来は不明だ。

蝶のごとく

彼の才能は蝶が羽根の上に粉を織りなす模様のように自然だった。かつては蝶と同じようにそのことを理解していなかったし、それが擦り落とされたり傷つけられたりしても気づかなかった。後で自分の傷んだ羽根とその構造を意識し、考えたりすることを学んだが、もはや飛ぶことはできなかった。というのは飛翔に対する愛を失い、なんの苦もなく飛ぶことができた時のことが、今や単なる思い出になってしまったからである。

ヘミングウェイは回想録『移動祝祭日』(一九六四)の中でフィッツジェラルドのことをこのように語っている。まさにフィッツジェラルドの生まれながらにもっていた才能と文体の魅力とその後の崩壊に向かった悲劇を的確に言い当てた一節である。

短篇集『ジャズ・エイジの物語』（一九二二）が出版され、タイトルそのものがヘミングウェイの「ロスト・ジェネレーション」（『日はまた昇る』に掲げられた言葉）とともに、一九二〇年代を象徴する言葉となった。「ジャズ・エイジ」という言葉はまさに騒々しく、快活で華やかな時代を映し出し、同時代の若者たちを魅了した。

一九二〇年に書かれた短篇小説に傑作「冬の夢」がある。一節を紹介しよう。

夕方になって渦巻く金色の光を放つ太陽が、青と深紅に移り変わる空から沈んで行くと、中西部の夏らしい乾いた静かな夜を迎えた。満月の下で銀色の糖蜜となり、かすかに吹く風にさざ波を立てる湖水を眺める。すると月はそっと唇に指をあて、湖は澄み切った水たまりとなり、青白く静かになった。デクスターは水着に着替え、一番遠くの浮き台を目指した。泳ぎ着くと粗い布の飛び込み板に濡れた身体を横たえた。

夕方の刻々と変わる色合いの変幻を繊細な感性によって美しさを表現した一節である。ヘミングウェイの無飾の文体とは対照的に、彩色豊かな描写と比喩や引喩を交えて文を練り上げていった一九二〇年代、フィッツジェラルド自身もまた、自らの強烈で華やかな文体と繊細な美的感性とともに燦然と輝いていた。

時代は代わり、生活は逼迫し、酒に溺れ、一九三七年、フィッツジェラルドはニューヨークを離れ、カリフォルニア、ハリウッドに移った。大いなる望みを抱き、仕事を求めての、単身赴任だった。

『パット・ホビー物語』は一九三〇年代末、フィッツジェラルドが四十歳をわずかに越えた「最晩年」に書かれた連作だった。それはあたかもボロボロになった羽根を羽ばたかせながら、もう一度、空を舞おうとする蝶の最後の挑戦だったように思われる。必死に生き抜こうとするフィッツジェラルドの姿を彷彿とさせる。しかしここでは華麗なる煌《きらび》やかな文体は影を潜め、事の成り行きを「客観的」に記している。

フィッツジェラルドこそ自分が最も影響を受けた作家だと認める村上春樹は「もしフィッツジェラルドに巡り会わなかったなら、僕は今とは全く違った小説を書いていただろう」と語る。短篇集『マイ・ロスト・シティー』を訳し、六十歳になったら訳そうと決めていながら、待ちきれずに『グレート・ギャツビー』を訳し、フィッツジェラルドの魅力を広く世に知らしめた。

いまから三十年以上も前に、村上はフィッツジェラルドのハリウッドでの最初の住処「アラーの園」を訪ね歩き、「『アラーの園』の人々」と題するエッセイを書いている。その中で村上はフィッツジェラルドの「アラーの園」時代について「彼は安いクーペを買っただけで、その他は、大した贅沢もしなかった」と書いている。パット・ホビーも安いクーペを乗り回していた。村上春樹がこの『パット・ホビー物語』を読んだら、どう思うだろうか。ぜひ、感想を聞いてみたい。

死を前にして、フィッツジェルドはこんな素晴らしい一連の「パット・ホビー」の物語を書いていたのだ。陰影に彩られた栄光と挫折に満ち、翻弄された自分の姿を自嘲も自虐も超脱し、これほどに軽妙洒脱に書くことができたことに、私はただ素直に感動し、秘めやかな感謝を覚える。

異色の短篇集『パット・ホビー物語』を読み解く

井伊順彦

本書は、F・スコット・フィッツジェラルド（1896-1940）最晩年の短篇小説集、*The Pat Hobby Stories* (Charles Scribner & Sons, New York, 1962) の全訳である。後述するように、一部の作品を除き本邦初訳だ。

収録十七作品は、一九四〇年一月から作者の死後の四一年五月にかけて、月刊誌『エスクァイア』に掲載され（最後の五作は没後発表）、一九六二年に単行本として一本にまとめられた。作者が執筆した時期は一九三九年夏からのほぼ一年間だ。

全篇共通の主人公パット・ホビーは四十九歳。ハリウッドの無声映画時代には花形脚本家だったが、発声映画《トーキー》が始まってからは落ちぶれてしまい、ときおり撮影所の有力者からお情けのように仕事を与えられて食いつないでいる。脚本執筆用の資料もろくに読まず、ときには人の企画をちゃっかり横取りするなど、どう見てもまじめに仕事をしているとはいいがたい。周知のとおり作者フィッツジェラルド自身、全盛期を過ぎたあと、とくに一九三〇年代半ば過ぎには、乱れた暮らしぶりもあいまって、小説を物すことも難しく、ハリウッドの映画業界に流れ込んで、会社側の指示や要求にいやいや従いながら脚本を仕上げて糊口を凌いでいた。パットは仕事を求めて撮影所の敷地内をうろつき、ささやかな慰めを酒に求め、同じような立場の者と上司の悪口を言ってうさを晴らしている。本書はハリウッドの内幕をいささかあばきながら、そうした苦々しい諧謔を弄した短篇集だ。これから一作ごとに紹介してゆこう。

(1)「パット・ホビーのメリークリスマス」"Pat Hobby's Cristmas Wish"

無声映画時代には週給二千ドルも取っていたパットは、今や週給三五〇ドルで短期の契約をしてもらうのが精一杯の身だ。クリスマス・イブにも、重役グッドーフから与えられた仕事をこなさねばならない。そんななか、新任の秘書ヘレン・ケーグルから耳寄りなことを聞いた。ヘレンはかつてグッドーフの部下で、この男の弱みを握っているというのだ。パットは色めき立った。ここはひとつ、グッドーフを脅して、プロデューサーに取り立ててもらおう……。

本筋とはとくに関係はないが、興味深い箇所がある。ヘレン相手に仕事をするなかで、パットは〝下品な〟台詞を口述した。筆記係のヘレンは驚き、そんな台詞はお偉方に認めてもらえないといさめるが、パットは意地を通す。当時の映画作りの裏側が垣間見える場面だ。ハリウッド映画は、たとえば同時代のロシアやフランス、ドイツ（表現主義）などの、芸術性が高く教養の香り漂う諸作品とは異なり、まずは一般大衆に受ける娯楽であらねばならなかった。

一九三〇年代のアメリカの社会状況を様々に解説したF・L・アレンの『シンス・イエスタディ』（一九三九）に、こんなくだりがある。本書全体の基調に深く関わるハリウッド映画の本質を示しているので、少し長いが引いておく。

映画には巨額の金が、惜しみなく投入された。演劇界からは有能な俳優と劇作家の大半が、そして文学畑からも優秀な作家の多くが、映画に奪い取られた（中略）。だが、彼らが製作にたずさわった映画のなかには、ほんとうのアメリカの姿はあらわれてこなかった。映画は人びとを、思想のからまない冒険とロマンの架空の世界へ誘っていた。（中略）一九三四年の全米倫理連盟《リージョン・オブ・ディセンシー》によるキャンペーンの結果、ジョセフ・ブリーンがアメリカ映画製作配給協会（MPPDA）の会長に就任し、キスシーンを延々と見せたり、男の子が素裸で水浴びをしたり、〝ちくしょう!〟とか〝くそっ〟などというせりふを吐く登場人物が出てくる映画は、すべて製作前に検閲をすることになった（後略）。

（藤久ミネ訳、筑摩書房、一九五～六頁）

チャールズ・チャップリンが、一九三六年に『モダン・タイムズ』を、一九四〇年に『独裁者』をそれぞれ発表して以降、世間からどんな処遇を受けたか。今さら言うまでもない。

②「じゃまな男」"A Man in the Way"

企画を立てるための資料もろくに読まないくせに、脚本家としての気位は人一倍高いパットは、催促してくるプロデューサーのバーナーズに大口を叩きながら、実は仕事に行き詰っていた。たまたま新進脚本家のプリシラから一つ企画を聞かされたが、えらそうにそっけない評を口にした。その後パットはお歴々に自分の企画を伝えたが、あっさり却下された。そこで思い出したのがプリシラの企画だ。よし、あれをいただくか……。

最後にはどんでん返しが待っているわけだが、本作はオー・ヘンリーの作風に似ている。一読して、とくに「魔女のパン」("Witches' Loaves")が思い浮かんだ。もちろん、あの善意そのものの主人公ミス・マーサと、ひねくれ者のパットとでは、人となりが大きく違うが、希望や期待が持てる状況が一変する際の切れ味には、相通じるものがある。

③「お湯を沸かして、たっぷりと」"Boil Some Water—Lots of It"

撮影所内の食堂でのこと。一人のエキストラが許可も得ずに幹部用のテーブルに坐った。のみならずこの男は、自身の出演作を酷評しだした。同席しているお偉方はもちろん、周囲のテーブルに坐る人々もざわめきだした。そばに居合わせたパットは、「弾かれたように椅子から立ち上がり」、つかんだトレイで男を殴りつけた。騒ぎを聞きつけて監督や警備員も飛んできた……。

題名に関わる伏線の張り方が実に巧みな一作だ。自尊心が強い割に事大主義にも染まっているパットの、かつては自分も常連だった大物席に対する郷愁がなんとも切なく、ある種の人間研究の資料になりうる。

④「天才とタッグを組んで」“Teamed with Genius”

イギリスの劇作家ルネと組んで脚本作りをしてくれと、パットはプロデューサーのバーナーズから頼まれたが、ルネはやる気を見せない。そこでパットは一人で必死に脚本を仕上げた。さっそくバーナーズに見せにゆこうとすると、ルネが姿を現した。なんと一人で仕事を終えたという。上司の指示どおり、二人の合作にしたいパットは、ルネの秘書で、かつては自身の秘書でもあった女を説き伏せ、ルネの作品をこっそり持ってきてもらう。もちろん盗み見るだけでは終わらない。パットは勝手に修正を加え……。

オチのひねりは、パットとしては痛しかゆしのところか。ルネの原稿を書き換えた際、お偉方のご機嫌を損ねそうなほど台詞を乱暴にした点は、パットの意地と見た。ここはイギリスじゃなくアメリカだ、おれはハリウッドで一時代を築いた男だぞ、という心境なのか。そんな深読みをするのも一興だ。げに屈折せる自尊心はやっかいなものなり。

⑤「パット・ホビーとオーソン・ウェルズ」“Pat Hobby and Orson Wells”

映画会社との契約が切れて仕事もないパットは、日の出の勢いたる俳優オーソン・ウェルズの存在を知った。このヒゲ面の男は、まだ新人ながら、映画出演で多額の報酬を得るらしい。業界の大物のおなさけで撮影所内に入れたパットは、まわりから、ウェルズに似ているねと言われる。

ヒゲ面にすれば申し分ないと。乗り気ではなかったパットだが、しぶしぶヒゲをつけてみた。これで仕事にもありつけるぞ、とまで持ち上げられたが、思わぬ展開が生まれる。

オーソン・ウェルズ（1915-85）は、むろん実在の映画監督にして俳優だ。若いころはおもに演劇やラジオドラマの世界におり、傑作『市民ケーン』の監督兼主役を務めたのは一九四一年のことだった。ハリウッドに招かれたのは、一九三八年にラジオドラマで迫真の演技をして大評判を得たからだ。したがって当時の映画界では、本作冒頭でのパットと知人との会話でわかるとおり、まだウェルズは評価の定まらぬ新鋭という位置にいたので、フィッツジェラルド自身もウェルズの真価は測りかねていたはずだ。パットが嫉妬にかられたのも無理あるまい。つけヒゲという小道具にまつわる妙に非日常的な時空間からすると、一種のＳＦとしても楽しめる佳品。

⑥「パット・ホビーの秘密」"Pat Hobby's Secret"

脚本家のウォルが書いている作品の結末について、本人からせっかく聞いたのに忘れてしまったのだが、なんとやつの代理人から、高額で契約を更新しない限りウォルとは会わせないと言われたよ――そうプロデューサーのバニゾンから聞かされたパットは、自分には妙案があると応じ、わずかな報酬で聞き出し役を引き受けた。そうして手練を弄してウォルの口から結末を言わせた。が、その直後、口車に乗せられたと悟ったウォルはパットにつかみかかる。なんと死者も出るという物騒な展開のなかで、思わぬ災難を被ったパットは「この年初めて」自分の名前を業界誌に載せてもらえたという。このあたり本人の哀れぶりや情けなさがしみじみ笑える。また、代理人という存在が、俳優や脚本家などの意を体して動くことで、会社側にとってはやっかいな〝敵〟となる、という実態を示している点が興味深い。

⑦「父と呼ばれたパット・ホビー」"Pat Hobby, Putative Father"

来訪者がいるので撮影所内を案内してやってくれと、上司のバーナーズから言われたパットは、しぶしぶ客のもとへ行った。相手は叔父と甥だというインド人だ。後者のジョン青年はパットに切り出した。自分はあなたの見做し息子、つまり推定上の息子だと。そうなった事情も聞かされたパットは、好きな女優に会いたいという〝息子〟のために、便宜を図ってやろうとするが、例によってうまく事を運べず、カッコいい父親になれない……。

ジョンの叔父がインドで指折りの大富豪だという点にからんで、ヨーロッパでの戦争勃発が落ちをなしている。突飛な印象もある展開だが、実は現実の社会情勢を有機的に活用したという意味で、見事な出来だ。日ごろからフィッツジェラルドが世界の様々な動きにかなり関心を抱いていたのは、知る人ぞ知るところ。

⑧「スターの邸宅」"The Homes of the Stars"

パットは映画ファンの夫婦をスター俳優の邸宅に案内する役目を務めることになった。脚本家としては不本意ながら、思わぬ儲け口ではある。邸宅回りをしているときの、パットと夫婦との会話は読みごたえ十分。実在する俳優や作家の名がぽんぽん出てくるところはまさにアメリカ作品だ（各種の損害賠償の額が天文学的数字になる場合も珍しくなく、人権やら名誉やらが棄損されることには人一倍敏感なお国柄のはずなのに、こういうのは妙な矛盾だ）。

映画通を気取る夫婦に対して、パットが知識や人脈を〝総動員〟しつつ、おとぼけぶりを全開にして張り合うところは、夏目漱石の『吾輩は猫である』での苦沙弥先生と友人迷亭くんとのやりとりを想わせる。おなじみの屈折した自尊心のせいで、パットが調子に乗りすぎ、しまいに窮地に陥るという展開はもはやお約束にせよ、全体のまとまりがよく、飽かずに読ませる力業が発揮されている点で、本書でも指折りの快作だ。

物語の後半に話題の中心となる実在のハリウッド女優、シャーリー・テンプル（1928-2014）について一言しておく。『パット・ホビー物語』当時はすでに天才子役として、破格の収入を得ていたという。長じて共和党に所属し、外交官としても活躍した。

⑨「パット・ホビー、本分を尽くす」“Pat Hobby Does His Bit”

今や「痛ましくも、先行き不安な四十九歳」となったパットは、車の支払いが残っているため、知人の業界人に借金を頼む始末だ。ある撮影現場で、金を持ってくるはずの相手を待っていると、撮影しているキャメラのフレームに入ってしまった。そこにはイギリス人の主演女優も映っていた。女優は「カット！」の声を聞くなり、仕事は終わったと帰国してしまった。そこでプロデューサーのバーナーズは、仕方なくパットを俳優として脚本を書き直すことにした。任されたのは身の危険もありうる役どころだった。パットは気つけのために酒をぐいと飲む。はたして、この一杯の成果は如何。

きみを役者として雇わざるを得なくなったと、パットが聞かされた場面がとくに読ませる。パットのなさけない顔や、それでもギャラだけはしっかりもらおうとするあざとさなど、想像するだけで笑ってしまう。さらにこのあとにも、読者の微苦笑を誘う展開が待っている。

⑩「パット・ホビーの試写会」"Pat Hobby's Preview"

久しぶりに脚本家としての仕事ができたパットは、しかし、完成した映画からきみの名前を外すとプロデューサーのバーナーズに言われてしまう。憤慨するものの、とりあえず試写会のチケットはもらうことにし、たまたま知り合った〝ブロンドのかわいい子ちゃん〟を誘って会場へ向かった。アイダホから撮影所見学に来たというその田舎者娘を相手に、パットが精一杯の見栄を張るところが前半の読みどころだ。それにしても、当時の人気女優クローデット・コルベールとは恋人同士だとまでにおわせるあたり、パットの放言癖は途方もない。試写会場でも悶着があったが、幸い二人ともなかへ入れることになった。このあたりの二転三転ぶりは、パットのような危うい立場に置かれた業界人の場合、ありうることなのだろう。

銀行口座にはろくに金が残っていないのに、パットがデートのためにシャツや帽子を買い、レストランで酒を飲み食事をするという設定は、あまりとやかく考えまい。契約料なり原稿料なりが入ることを当てにしての、〝賭博師〟パットらしい見栄っ張りな大盤振る舞いなのだろう。

⑪「やってみるのも悪くない」"No Harm Trying"

十年以上前にわずか三週間ながら自分の妻だったエステルが自殺を図って入院したと、パットはプロデューサーのル・ヴィーニュから知らされた。エステルは当撮影所の従業員だったからと、ル・ヴィーニュはパットと雇用契約を結び、その給料でエステルの入院費を払えるよう取り計らう。そんなお情けをかけられてパットはおもしろくないが、駆け出しの美人女優リゼットに目を留めると、さっそくいっぱしの先輩ぶって言葉を交わす。それからほどなく、人事刷新によって会社の経営陣が交代することをパットは職員から聞いた。そこでパットは、新たな経営者となるシェイヴァーを後ろ盾にして、リゼットを起用した企画を立て、脚本家として我が世の春を迎えようと浮き立つ。シェイヴァーがウォール街出身の大立者だと知ったからだ。

すでに見てきたとおり、パットは人一倍の矜持の持ち主である一方、出世のためなら平気であざとく立ち回れる男だ。そんな人間的な矛盾に加えて、組織内部の力関係を利用するという一種の禁忌を犯してまでも、伸し上がらんとする〝剛毅〟な姿を描いている点で、本作は異色の風味を誇る。中年男の策謀が、むしろ逆効果に出てしまう苦いおもしろみも、パット物語の本領だ。映画業界の内幕に関して、本作と同質の苦いおもしろみを映像で味わいたい向きは、ロバート・アルトマン監督のカルト的快作『ザ・プレイヤー』(一九九二)を観るべし。

⑫「愛国短篇映画」"A Patriotic Short"

無声映画黄金期にはプール付き豪邸に住んでいたパットも、現在ではプロデューサーのバーナーズから与えられた週給二五〇ドルの仕事をこなすのみだ。今は、南北戦争時の南軍の英雄リー将軍の生涯を描いた短篇映画の脚本を受け持っている。パットは設定に関して自分なりの提案をいくつかするが、バーナーズに軽くはねつけられる。そこで、大統領に堂々と自己主張をするリー将軍像を描くことで、わずかに悔しさを晴らすしかない……。

パットに関して、飛ぶ鳥を落とす勢いだった過去と、さえない現在との対比が何度か繰り返される。映画でいえばフラッシュバックの技法だ。本作は本書のなかで最も短いほうに属するが、まとまりのよさでも一、二を争う。パット独特のあざとさや賢しらぶりは抑えられている。

本作を読んで、ビリー・ワイルダー監督の『サンセット大通り』(一九五〇)が思い出された。主人公の落ちぶれた大女優を演じたグロリア・スワンソン(1899-1983)は、実のところ役柄をほぼ重ね合せたような境遇にあったという。あの鬼気迫る演技は、どこまで演技だったのか。

⑬「パット・ホビーを追え」"On the Trail of Pat Hobby"

撮影所との契約も切れ、ここ三ヶ月はモーテルで夜間フロント係の仕事をするしかなかったパットは、宿内で起きた事件に対する警察の捜査に巻き込まれるのを恐れ、幸いまだ入講証を持っていたため撮影所に逃げ込む。だがすでに宿での一件が知れ渡っていた。無帽でいると怪しまれると恐れて、所内の食堂で手ごろな帽子を見つけて失敬してしまう。しかし、その帽子は、プロデューサーのバーナーズによると、重役マーカスの持ち物だった。偽名で働いていた安宿での一件もあって、パットは法律上の束縛を受けかねない立場に陥る。さあ、どうなるか。

とはいいながら、やらかしたけちくさいまねを裏返しにしたかのような、ささやかな幸せが訪れるところが本作の妙味だ。前作「愛国短篇映画」と同じほどの短さだが、展開や構造の点で、前作よりも読者の好みの差が出そうだ。

⑭「画家のアトリエでのお楽しみ」"Fun in an Artist's Studio"

パットは、撮影所内の食堂にいたところ、肖像画家のプリンセス・ディナーニの目に留まり、モデルになってくれと頼まれる。そうそうたる有名俳優たちを描けるほどの人気女性画家が、酒臭い息を吐く四十九歳のさえない脚本家の、どこを気に入ったのか。

いざ作業を始めてみると、プリンセスはこんなはずではなかったと思い知る。モデルのパットが、なんと自分をくどこうとしてくるからだ。プリンセスはとっさに一計を案ずる。結局これが功を奏し、自ら望む作品が描ける見込みが生まれた……。

パットが片時も黙ることなく、プリンセスの気を惹こうとするくだりは笑える。厚顔ぶりもここまで来るとあっぱれだ。この場面を映画で演出するとき、監督はパット役の俳優にはどんな表情を求めるべきか。目を輝かせたり、笑みを浮かべたり、からだを前のめりにしたりなど、そんな態度を指示してはいけない。あくまで何食わぬ顔で、ふだん人と話すときと同じ口ぶりで誘いかけろと、そう厳命しなければいけない。パットはきっと、あっさり断られたときも、くやしさや恥ずかしさなど毛ほども示さなかったに違いない。「え、ぼく、何か言いましたっけ」

⑮「時代遅れの二人」"Two Old-Timers"

無声映画時代の有名俳優マセドンを相手に、パットは車の衝突事故を起こした。二人は警察へ連れてゆかれる。そればかりか、パットにいたっては、取り調べ担当のギャスパー巡査部長を怒らせ、檻に入れられる始末だ。ギャスパーはかつてマセドンのファンだったとのことで、戦争映画『最後の攻撃』でのマセドンの演技を絶讃する。ところが、この作品に関わっていたパットは、マセドンの大根役者ぶりを知っており、撮影時の裏事情をぶちまける。マセドンはギャスパーの上司である警部に取り入り、早く解放してもらおうとするが、若い警部はこんな男のことなど興味もない。「ハリウッドには過去の人がどっさりいる」からだ。パットは幸いマセドンよりも一足先にシャバの空気が吸えたが……。

ギャスパーにほめちぎられて悦に入るマセドンに対して、パットが憑かれたようにその演技のダメぶりを述べ立てるところは迫力十分だ。まるで自分の堕ちた地位までこいつを引きずりおろしてやろうとするかのように。過去の栄光の残滓を捨て切れないこのカン違い野郎に、現実を見せつけてやろうとするかのように。〈もって他山の石とすべし〉という格言が、あらためて頭に浮かんでくる。パットのルサンチマンを楽しむには格好の一作。

⑯「剣よりも強し」"Mightier Than the Sword"

題名はもちろん格言〈ペンは剣よりも強し〉のもじりだ。

脚本家ハドソンが監督デイルに逆らったためクビになった。その場に居合わせたパットは、さっそくさりげなくデイルに自分を売り込み、うまく代役の座を得る。ところが、パットの仕事ぶりには、デイルは今ひとつ満足できない。そこで追い出したハドソンに電話して、一度ボツにした脚本を採用したいと申し出たところ、ハドソンにきっぱり断られる。デイルは、脚本家という存在そのものに腹を立て、なんとパットをクビにする。ともかく映画業界では、しょせん自分たち物書きは使い捨ての駒なのだと、パットは思うほかない……。

業界内の力関係の原理を背景に、ハドソンの鼻っ柱の強さと、パットの妙な物分かりのよさとの対比が作品の柱だ。本書前半と比べて、パットは〝大人〟びてきたようだ。

⑰「パット・ホビーの学生時代」"Pat Hobby's College Days"

週給二五〇ドルでの四週間の契約が明日に切れる身のパットに、脚本編集係が耳よりの情報を教えてくれた。プロデューサーのバーナーズがある大学を舞台にした映画を作るのだが、まだ具体的な企画が立っていない。その大学の関係者に自分の知人がいるから、きみが会いにいけば何か名案が生まれるかもしれないと。大学を訪れたパットは、運よく学生部長たちにも会え、とっさに浮かんだ学生の窃盗事件に関する企画を熱く語り始めた。そこへ、パットの秘書エビリンがいきなり現れると、救われたような顔で訴えだした。その内容は……。

冒頭からしばらく、若い女性のものとおぼしき意味ありげな内的独白が続く点で、本書では異色の一作だ。せっかく同僚から明日以降の仕事につながる情報を教えられたのに、身から出たさびを絵に描いたような結果が待ち受けているとは。それでも、辞去するときに、「ご検討ください」と言い残すところは、パットの面目躍如たるものがある。パットではなく、ほかの登場人物による後日談で作品が終わる点は、探偵小説にも似た味わいを醸し出している。

ところで、第二節で同僚と言葉を交わすなかで、パットは今までに結婚を三度した旨のことを言っている。実際に言及されたり登場したりした女性は二人のみだ（「父と呼ばれたパット・ホビー」と「やってみるのも悪くない」参照）。フィッツジェラルドの勘違いか。あるいは一九二〇年代の探偵小説黄金期における掟破りの作品よろしく、謎の解明に必須の情報を読者にも秘密にしていたということなのか。

こうして十七作品について、内容を分析してみると、あとの作品になるほど内容・文体とも〝まとまり〟が出てきているのがわかる。それはすなわち、パットが〝大人〟になりつつあるという証だ。四十九歳で、もはや内面の成長など多くは望めないはずのパットを、微妙に〝大人〟らしく変えていっているのは、やはり作者の腕の冴えだ（逆に、破天荒な味が消えたことから、筆力の衰えと取る向きもあろう）。あえて個別のあいだの優劣の差は論じまい。ともあれ、どれを取っても小説を読む楽しみを心から味わえ、飽きのこない短篇集であるのは疑いない。以上の意味から、読者にはぜひ第一作から読み進めていただきたい。

フィッツジェラルドは計三度ハリウッドの映画業界に入った（一九二七年、三一年、三七年）。「パット・ホビーのメリークリスマス」の冒頭近くで、パットが物する脚本はどうにも時代遅れの代物だと、〝補佐役〟の者たちからひそかにけなされている、というくだりについて一言しておく。

過去の人パットと、若い世代の書き手たちとのあいだに溝があることは、そのまま作者自身のありさまにも当てはまったようだ。フィッツジェラルドの場合、二度の業界入りまでは小説家としての文体が脚本にそぐわず、しかもおそらく自分の矜持がじゃましたのだろう、なかなか文体を直そうともしなかったため、あまり仕事には恵まれなかった。

（前略）撮影所の内外で、年輩のシナリオ作家たちは彼（＝フィッツジェラルド）に敬意を払ったが、小生意気な若い連中の中には、俗にいう「水の中でのパナマ帽づくり」にひけをとらない技術をきわめたのがいて、彼を軽んじていることは、いやでも感じさせられた。

（『完訳　フィッツジェラルド伝』アンドルー・ターンブル、永岡定夫・坪井清彦訳、こびあん書房、原書一九六二、三二〇頁）

右の記述は一九三八年のこと。さすがに三度目の活動ともなると、フィッツジェラルドも頭を柔らかくせざるを得ず、会社の求めになるべく応じようとしたふしが見られるが、それでもこうしたありさまだった。

一九三七年におけるフィッツジェラルドの暮らしぶりについては、もう一つ引用しておこう。フィッツジェラルド晩年の愛人だった映画記者シーラ・グレアムの自伝『愛しき背信者』（一九五八）は、神経衰弱に苦しみ、才能の枯渇におびえ、酒におぼれた天才作家と送った波乱の日々の記録でもある。

スコット（＝フィッツジェラルド）に関して、私の知らないことがあまりにもたくさんあった。ハリウッドでもらう給料は秘密にされてはいない。従って彼が六カ月の契約期間中、一千ドルの週給をもらっていることもすぐにわかった。（中略）ところが、あとになって、彼には四万ドル以上の借金があり、ゼルダをサナトリウムに入れておき、スコッティーを寄宿学校に通わせている費用が、ものすごい重荷になっていることがわかった。（中略）さらに、自分の借金を返済するに足るだけの金をかせぎ、たぶんもう一度まじめな創作活動にもどることができるだろうという望みをかけて、再出発への必死の努力をしようとしてハリウッドへやってきたことも知るようになった。

（龍口直太郎訳、新潮社、一六九頁）

ゼルダとは周知のとおり一九二〇年に結婚した妻であり、スコッティは翌年に生まれた夫妻の娘だ。ちなみに『愛しき背信者』は一九五九年にハリウッドで映画化されている（『悲恋』、ヘンリー・キング監督）。フィッツジェラルドにはグレゴリー・ペック、シーラにはデボラ・カーが扮した。わたしは未見だが、主役二人は文句なしに当時の大スターだ。しかしシーラ役には、当時すでに四十歳近くて品のよさが売りだったイギリス人デボラ・カーより、もう少し若くて危うい魅力を放つ女優のほうがよかった気もする。たとえばローレン・バコールとか（わたし好みではないが）。一九三〇年代のハリウッドで仕事をしたのは、フィッツジェラルドだけではない。劇作家リリアン・ヘルマンの自伝『眠れない時代』（一九七六）には、有名作家が何人も挙げられている。

当時はウィリアム・フォークナーとか、ナサニエル・ウエスト、オルダス・ハクスリーらをあごで使うのが格好良いとされていた。ギャッツビーとかれの野望など、これらの大ギャッツビーたちにくらべれば、ささやかなものである。かれら大ギャッツビーたちが求めていたのは愛でもデイジーでもない、それは権力であり、毎週入れ替わる新顔のデイジーであった。
（小池美佐子訳、ちくま文庫、四一頁）

「ギャッツビー」とは、もちろん『グレート・ギャッツビー』（一九二五）の主人公のことだ。ちなみに、フィッツジェラルドはこの長篇代表作を出版後ほどなく、モダニズムの中心地パリでヘミングウェイと知り合ったという。そうして世界大恐慌が起きた一九二九年にヘミングウェイと仲がいしたようだが、いずれにしろ、長篇第一作『楽園のこちら側』の出版やゼルダとの結婚に始まった一九二〇年代が、フィッツジェラルドの全盛期だったわけだ。

一九三七年から、大手のMGMと契約していた一年半のあいだ、フィッツジェラルドは総額九万一千ドルを得た。その後はフリーランスになる。『エスクァイア』の原稿料は二五〇〜三〇〇ドルだったという。一九四〇年の段階では、「定収入といえばパット・ホビー物を書いていた『エスクァイア』誌からの稿料だけだった」（既出『完訳　フィッツジェラルド伝』三四五頁）。それでも、たとえば短篇小説が映画化されたり、脚本が売れたりして、臨時収入はあったというが。

フィッツジェラルドは『パット・ホビー物語』と並行して、ハリウッドの映画業界の内幕を描いた長篇小説『最後の大君《ラスト・タイクーン》』を第六章の途中まで書いたところで、心臓発作に襲われ息を引き取る（一九四〇年十二月二十一日）。場所はシーラ・グレアムの自宅だった。この絶筆は評論家エドマンド・ウィルソンに引き継がれ、翌年に上梓された。「ハリウッドを扱ったわが国最高の小説」だとウィルソンは評している。

冒頭で述べたとおり収録作品の既訳を挙げておく。

「湯をわかして──たっぷりと」（小池みち子訳、『スコット・フィッツジェラルド作品集──わが失われし街』中田耕治編訳、響文社、二〇〇三）

「天才とふたりで」（同右）

「だめでもともと」（同右）

「パット・ホビーとオーソン・ウェルズ」（大津栄一郎編訳、『20世紀アメリカ短篇選　上』岩波文庫、一九九九）

「愛国的な短編映画」（井上謙治訳、『崩壊──フィッツジェラルド作品集3』渥美昭夫・井上謙治編、荒地出版社、一九八一）

「時代遅れの二人」（永岡定夫訳、同右）

また『パット・ホビー物語』は一九八七年にテレビドラマ化もされている（*Tales from the Hollywood Hills: Pat Hobby Teamed with Genius*）。監督はロブ・トンプソン。「天才とタッグを組んで」が主筋のようだが、出演者がすごい。パット役は、『バック・トゥ・ザ・フューチャー』三部作でエメット・

ブラウン博士に扮したクリストファー・ロイド。イギリス人ルネ・ウィルコックスには、同国人のコリン・ファースが扮した。周知のとおりファースは、『英国王のスピーチ』（二〇一〇）で主役のジョージ六世を演じ、アカデミー賞主演男優賞を受けた。

本稿「解説」を締めくくるにあたり、まずバーナビー・ラルフ氏にお礼を申し上げたい。氏にはいつもどおり、原文の複数の疑問点について、懇切に解説していただいた。それから一部の訳稿作成の段階で、渡邉藍衣、古峨美法、羽角萌の三氏に協力していただいた。いずれも今村楯夫氏のもとで専門研究を重ねてきた若き才媛だ。また風濤社編集部の鈴木冬根氏とは、企画段階から綿密な合議をおこない、こうして本書を上梓することができた。

二〇一二年から、風濤社とわたしたちは『一、二、三のグレース――オルダス・ハクスリー中・短篇集』に始まり、〈20世紀英国モダニズム小説集成〉と銘打ち、バーバラ・ピム『なついた羚羊《かましし》』、短篇集『自分の同類を愛した男――20世紀英国モダニズム短篇集』および『世を騒がす嘘つき男――20世紀英国モダニズム短篇集2』と、イギリス小説を上梓してきた。短篇集〈サキ・コレクション〉第一弾『レジナルド』、および第二弾『四角い卵』の刊行もその一環だが、そろそろ同時期のアメリカにも目を向けてみようと、こうして『パット・ホビー物語』をまず選んだ。作業を終えてみて、我ながらよい目のつけどころだったと思う。今後も、楽しめてためになるという基本方針のもと、アメリカ作品も取り上げてゆく所存だ。ご期待いただきたい。

F. スコット・フィッツジェラルド
Francis Scott (Key) Fitzgerald 1896-1940
ミネソタ州生まれ。第一次世界大戦後の「ロスト・ジェネレーション」の旗手。デビュー作『楽園のこちら側』で一躍時代の寵児となり、妻ゼルダとの派手やかな暮らしは、狂騒の 1920 年代「ジャズ・エイジ」の象徴。1925 年、20 世紀最高のアメリカ文学と称される『グレート・ギャツビー』発表。世界恐慌に潮目が変わり、アルコール依存症、またゼルダの発病などに生活は破綻。短篇執筆、ハリウッドのシナリオ書きで糊口を凌ぐも、44 歳心臓発作で急逝。

【訳者】
井伊順彦　いい・のぶひこ
早稲田大学大学院博士前期課程（英文学専攻）修了。英文学者。編書に『自分の同類を愛した男』『世を騒がす嘘つき男』、サキ『レジナルド』『四角い卵』（風濤社）、訳書に G.K. チェスタトン『法螺吹き友の会』（論創社）、バーバラ・ピム『なついた羚羊』（風濤社）など。英国ジョウゼフ・コンラッド協会、英国バーバラ・ピム協会、英国トマス・ハーディ協会各会員。

今村楯夫　いまむら・たてお
ニューヨーク州立大学大学院博士課程（比較文学専攻）修了。東京女子大学名誉教授、日本ヘミングウェイ協会顧問。著書『ヘミングウェイの言葉』（新潮新書）、『ヘミングウェイと猫と女たち』（新潮選書）、『自分の同類を愛した男』『世を騒がす嘘つき男』、サキ『レジナルド』『四角い卵』（共訳、風濤社）他多数。

中勢津子　なか・せつこ
1995 年獨協大学外国語学部英語学科卒業。『ベスト・アメリカン・短篇ミステリ２０１２』（共訳、ＤＨＣ）、『自分の同類を愛した男』『世を騒がす嘘つき男』（共訳、風濤社）、ハーマン・ランドン『灰色の魔法』（論創社）。

肥留川尚子　ひるかわ・しょうこ
東京女子大学文理学部英米文学科卒業。立教大学大学院文学研究科英米文学専攻博士前期課程修了。『世を騒がす嘘つき男』、サキ『レジナルド』『四角い卵』（共訳、風濤社）。

渡辺育子　わたなべ・やすこ
1958 年津田塾大学英文学科卒業。『ベスト・アメリカン・短篇ミステリ２００９』（共訳、ＤＨＣ）。『世を騒がす嘘つき男』、サキ『レジナルド』『四角い卵』（共訳、風濤社）。

パット・ホビー物語

2016年12月1日初版第1刷発行

著者　F. スコット・フィッツジェラルド
訳者　井伊順彦・今村楯夫 他
発行者　高橋 栄
発行所　風濤社
〒113-0033 東京都文京区本郷3-17-13 本郷タナベビル 4F
Tel. 03-3813-3421　Fax. 03-3813-3422
印刷・製本　中央精版印刷

printed in Japan
ISBN978-4-89219-426-9